KB003695

신규교사가 된
우리 엄마

8년 차 평범한
아파트 동네맘의
임용고시 성공기!

정인정

신규교사가 된 우리 엄마 프롤로그

VOL.01
주저하는 엄마들을 위해

VOL.02
선배 놀이터 맘의 충고

베이직! 우리 엄마의 합격 노하우 /
시험을 준비하는 기본자세

Prologue

모르는 이의 인생을 바꿔본 적이 있는가?

　모르는 이의 인생을 바꿔본 적이 있는가? 2019년 2월 '2019 임용 고시'에 최종 합격했다. 합격 발표가 난 날, 공부하면서 수백 번 상상했던 합격 리스트를 실행했다. 늘 가던 네이버 카페에 최종 합격의 글을 올렸다. '39살 아들 둘 맘, 임용 고시 최종 합격했어요.' 순식간에 축하의 댓글은 100개가 넘어갔고, 그 순간만큼은 나는 유명인이었다.

　그 네이버 카페는 30~40대 기혼여성이 많은 카페다. 댓글 중에는 축하의 글도 많았지만, 나도 교원자격증이 있는데 도전하고 싶다는 글도 꽤 있었다. 그 댓글에 힘을 얻어서 짧게나마 합격 수기도 올렸다. 합격 수기에 엄마 회원들은 뜨거운 반응을 보였다. 그중 한 회원은 아이가 어린이집에 다니는데 다시 임용 공부를 해도 되는지를 고민했다. 나는 무조건 시작하라고. 시작하고 후회하자고, 도전하라고 했다.

1년 후, 그 회원은 내 글에 힘을 얻어 임용 고시에 도전했고 2020년 임용 고시에 윤리 교사로 최종 합격했다. 합격한 윤리 선생님 글에 내 이야기가 있었다. '작년, 이맘때 아들 둘 맘이 임용 고시 합격한 걸 보고 공부를 다시 시작했습니다.' 그 반가운 글에 진심으로 축하의 메시지를 보냈다. 나의 글이 선한 영향을 주어 다른 사람의 인생을 바꾸어놓았다. 내가 누군가에게 선한 영향력을 행사했다는 사실에 내가 합격한 것만큼 기뻤다. 나의 임용 합격 수기가 모르는 이의 인생을 바꾸었다.

  이날 이후, 나는 책 쓰는 것에 대해서 진지하게 고민했다. 합격 후 주위에서 책을 써보라는 말도 꽤 들었다. 그때는 "에이, 내가 무슨 책을 써요? 책은 대단하고 유명한 사람만 쓰는 거죠."라며 책 쓰기는 꿈도 꾸지 않았다. 그런데 나의 짧은 글로 얼굴도 모르는 이가 임용 고시에 합격했다. 또한, 임용 합격의 글을 올렸을 때, 수많은 이들이 나를 진심으로 축하해주며 자신도 용기를 얻었다고 했다. 그 마음에 보답하고 싶었다. 내가 어떻게 하면 그들에게 도움이 될까? 공부를 다시 시작한 동기, 임용 고시 노하우, 육아맘의 효율적인 공부 방법 등을 알려준다면 도움이 되겠지?

　책을 쓰면서 '정말 내가 책을 쓸 자격이 있는가?'에 대해서 많이 고민했다. 그리고 결심했다. '그래, 이 책을 읽고 단 한 사람이라도 인생이 바뀐다면 해볼 만하다. 일단 하자. 내가 임용 공부를 다시 도전했던 것처럼.' 인생은 아무도 모른다. 경력 단절만 8년에 아들 둘을 키우던 동네맘. 오전에는 동네맘과 커피 타임을 가지고 오후에는 놀이터에서 시간을 보내던 동네맘. 어디에서나 흔히 볼 수 있는 평범한 아줌마가 임용 고시에 합격했다. 나의 공부 동기가 수많은 육아맘에게 전달되기를 바란다. 로또 당첨자의 공통점은 로또를 샀다는 것이다. 나의 합격의 핵심 노하우는 임용 시험에 도전했다는 것이다. 일단 도전!!!

1장

주저하는 엄마들을 위해

평범한 동네맘 인정 씨의 외침
"어차피 난 안 될 거야"

햇살이 비치길 기다렸지만, 나는 햇살을 보지 못했다. 결혼 후 임신했고, 기간제 교사 생활을 그만두었다. 기간제 교사로 근무하던 학교에서 재계약을 하지 않겠다고 통보했다. 임산부를 기간제로 채용하는 경우는 거의 없다. 나 또한 기간제 교사 생활이 힘들었고 설움을 많이 받았던 터라 미련 없이 그만두었다.

곧 우리는 첫째 민찬이가 돌이 갓 지났을 때 연고도 없는 낯선 타지로 이사를 했다. 이사를 하고 보니 울산에 있는 친정과는 편도 4시간 거리였고, 교통편도 좋지 못했다. 육아의 도움을 받기는커녕 1년에 몇 번 친정 가족들을 보는 것도 힘들었다.

우스갯소리로 "엄마, 딸이 그냥 외국으로 이민 갔다고 생각해."라고 했다. 시가도 편도 2시간 30분이나 걸리는 대구였다. 그당시 시어머니는 우리 아이 육아를 도와주실 상황이 아니었다. 양가의 도움을 받기도 힘들었고 남편은 그 당시 밤늦게 퇴근했다. 나는 말 그대로 육아 독립군이었다.

자연스럽게 돌쟁이 아들을 키우는 전업주부가 되었고, 3년 후 둘째 민준이를 낳았다. 나는 4살 터울 아들 둘을 키우는 평범한 동네맘이 되었다. 경력 단절은 아주 자연스럽게 순식간에 이루어졌다. 다시 취업하는 건 생각하지 않았다. 다만 남편은 계속 외벌이의 어려움을 이야기했다. 내가 취업하기를 바랐지만, 그때마다 우리의 결론은 같았다. 대화를 나눈 지 몇 분 만에 그건 그냥 실현할 수 없는 이야기라고 결론을 맺었다. 곧 초등학교에 입학하는 민찬이는 어떻게 할 것이며, 어린이집도 안 다니는 3살 민준이는 어떻게 할 것인가?

경력 단절이 8년이 넘는 아줌마가 기간제 교사로 채용되는 것도 거의 불가능했다. 친정과 시가는 멀리 있는데 아이가 갑자기 아프면 어떻게 할 것인가? 답은 항상 같았다. '재취업은 현실적으로 불가능해! 그리고 재취업도 어차피 난 안 될 거야.'였다.

나처럼 결혼, 임신, 출산, 육아로 자연스럽게 경력이 단절된 엄마들을 주변에서 흔히 볼 수 있다. 나도 불과 몇 년 전에는 경력이 단절된 채 전업주부로 살았다. 오전에는 민찬이를 등원시키고 카페에서 동네맘들과 시간을 보냈다. 오후에는 민찬이가 하원을 하면 동네맘들과 매번 놀이터에 가서 놀았다. 동네에서 흔히 볼 수 있는 평범한 놀이터 맘. 그러던 중 어리고 똑똑한 미혼들도 어려워하는 임용 고시에 합격했다. 감사하게도 경력 단절 여성에서 신규교사가 되었다.

※ 개인정보로 인해서 아이 이름은 가명으로 하겠습니다.

"네 이름을 기억해"

"민찬아!" 민찬이는 첫째 아이 이름이다. "우리 오늘은 투썸 가자. 정리하고 나와."라는 말을 듣다가 지금은 "선생님, 우리 아이가 OO 여고에 가서 내신 관리를 잘할 수 있을까요?", "선생님 덕분에 아이가 공부를 열심히 하고 있어요. 감사해요.", "정인정 선생님 교무 회의하러 오세요."라는 말을 듣는다.

경력 단절 육아맘으로 있을 때는 내 이름 말고 아이의 이름으로 불리는 게 일상이었다. 어느 순간 그렇게 내 이름 '정인정'은 사라졌다. 민찬이 엄마, 또는 민찬맘으로 불렸다. 경력 단절 육아맘으로 사는 동안 내 이름이 불리는 경우는 거의 없었다.「센과 치히로의 행방불명」이라는 일본 영화가 있다. 치히로는 어느 날 부모님과 차를 타고 가다가 금지된 신들의 세계로 간다. 치히로는 동물이 되지 않기 위해서 유바바에게 일자리를 얻는다. 유바바는 치히로의 이름을 뺏어버린다. 그리곤 치히로에게 '센'이라는 이름을 지어준다. 치히로는 자신의 이름 대신 '센'이라는 이름으로 일하게 된다. 이 영화에서 이름은 정체성이다. 치히로라는 이름 속에는 '헤아릴 수 없는 깊이'라는 뜻이 있지만, 센 이라는 이름은 그저 '1,000번'이라는 숫자를 의미할 뿐이다. 이름에 담긴 뜻이나 정체성 없이 그저 숫자에 불과하다. 이름을 숫자로 부르는 것은 의미 없는 존재로 만드는 가장 쉬운 방법이다. 치히로는 결국 온천장에서 점점 자신의 이름을 잊어가게 되고, 원래의 이름을 잊으면서 그 이름으로 살았던 기억조차 잊어버리게 된다.

「센과 치히로의 행방불명」의 치히로처럼 나도 이름을 잊어버렸다. '정인정'이 아닌 '민찬맘'으로 살았다. 민찬맘으로 살면서 '정인정'으로 불리지 않는 것에 대해서 깊게 고민도 하지 않았다. 그만큼 내 생활은 전업주부의 삶에 젖어 있었다. 영화에서 남자 주인공인 하쿠가 치히로에게 "네 이름을 기억해."라고 한다. 나도 알려주고 싶다. "육아맘들이여, 네 이름을 기억해."라고. 이름을 기억하고 자신의 정체성을 찾길 바란다.

 다행스럽게도 나는 그 누구도 예상하지 못한 도전으로 내 이름을 찾았다. '임용 고시 도전'이었다. 힘든 도전이었지만 그 도전은 내 이름을 찾는 과정이었다. 나와 똑같은 상황을 겪고 있는 수많은 육아맘도 치히로가 자신의 이름을 다시 찾듯 반드시 자신의 이름을 찾게 되길 바란다.

어제가 오늘 같고
오늘이 내일 같은 삶

　전업주부의 일상은 단조롭다. 일어나서 아이들을 깨우고 민찬이 등원 준비를 한다. 동시에 민준이 옷을 입힌다. 그렇게 오전 9시가 되면 아이들을 데리고 집을 나선다. 그리고 아파트 단지 안에 있는 맘 스테이션(단지 내 등·하원 버스정류장)에서 동네맘들과 유치원 버스를 기다린다. 기다리면서 이런저런 수다를 나누고, 유치원 버스에 민찬이를 태워서 보낸다. 민찬이를 유치원 버스로 등원시키고 나면 동네맘들은 가까운 커피숍에서 모이자고 하거나 누구네 집에 모여서 커피를 마시자고 한다. 그러면 나는 기다렸다는 듯이 민준이의 기저귀와 간식을 챙겨서 커피숍으로 향한다.

　커피숍에 한 명, 두 명 모인다. 동네맘들은 어제도 만났지만, 오랜만에 다시 만난 것처럼 이야기를 나누고 또 나눈다. 이야기 주제는 다양하다. 유치원 이야기, 시가 이야기, 부동산 이야기, 새로 여는 학원 이야기, 마트 이야기 등으로 쉴 새 없이 이야기한다. 참 희한하게도 헤어진 지 24시간이 지나지 않았는데도 이야깃거리는 계속 쏟아져 나온다. 하지만 어떤 이야기도 자기 성장, 자기 계발에 도움 되는 이야기는 없다. 즉, 자기 자신에 관한 이야기는 없다. 그때는 그렇게 지내는 것이 정상이고 대부분이 이렇게 지내리라 생각했다. 몇 시간 동안 이야기를 나누고 점심때가 되면 몇몇은 같이 점심을 먹거나 집으로 간다.

당시에는 동네맘 모임에 끼어있고, 동네맘들과 함께하는 것이 자랑스러웠고 만족스러웠다. 동네맘 모임에 끼어있다는 것으로도 소속감을 느꼈다. '매슬로우에 욕구 이론'에 따르면 사람은 누구나 소속되고 싶은 욕구가 있다고 한다. 하지만 전업주부들은 소속감을 느끼기 힘들다. 그렇기에 동네맘들의 모임에 들어감으로써 소속감을 느낀다. 소속감은 생각보다 중요하다. 동네맘 모임에서 소외되고 소속감을 잃으면, 싸움도 나고 상처도 받는다. 나 또한 동네맘 모임에서 소외되고 소속감을 잃고 한동안 힘들었던 적이 있다.

점심 때쯤 집으로 가서 끼니를 대충 때우고 집안일을 한다. 낮잠까지 자고 나면 민찬이 유치원 하원 시간이 된다. 이때가 벌써 오후 4시다. 하원 버스를 기다리다 보면 동네맘들도 모인다. 아이들을 태운 유치원 버스가 아파트 맘 스테이션으로 들어오면 동네맘들은 자신의 아이를 맞이하고 놀이터에 간다. 놀이터에 가서 아이들 노는 것을 보면서 동네맘들의 수다는 또 시작된다. 놀이터에서 꽤 놀고 나면 슬슬 집으로 돌아가서 저녁을 준비한다. 곧 남편이 퇴근하면 저녁을 먹고 아이들과 저녁 시간을 함께 보내다가 밤 10시가 되면 애들을 재운다. 애들을 재운 후 드라마를 보거나 스마트폰을 보면서 잠이 든다. 이렇게 8년간 평범한 전업주부의 삶을 살았다. 잔잔하고 무채색 같은, 그날이 그날 같은 삶.

친정엄마가 말했다. 아이를 건강하게 키우고 남편 내조하면서 사는 게 여자는 최고라고. 당시에는 그 말에 동의했다. 동의하지 않으면 스스로 초라하고 슬프니까. 대학 동기들은 각자 학교에서 교사 생활을 할 텐데. 돈도 많이 벌 텐데. 경력도 차곡차곡 쌓을 텐데. 나는 경력이 단절된 채 아이들의 엄마로만 살았다.

전업주부의 삶은 편하지만 만족스럽지는 않았다. 나를 완전히 채우지 못하는 시간이었다. 차라리 몸과 마음이 힘들었지만, 임용 고시를 준비하는 시간이 더 만족스러웠다. 임용 고시를 공부하는 과정은 힘들었지만, 어제와 다른 오늘을 사는 것이 좋았다. 내일을 기대할 수 있는 것이 좋았다. 최소한 어제가 오늘 같은, 오늘이 내일 같은 삶보다는 좋았다.

어제와 다른
내일을 계획하는 삶

합격 이후 나는 워킹맘의 삶을 살고 있다. 아침 일찍 일어나서 아이 둘을 깨우고 등교와 등원 준비를 한다. 나도 출근 준비를 한다. 그 와중에 반 아이들 자가 진단도 챙긴다. 물론 몸은 힘들고 바쁘지만, 몸에 에너지가 샘솟고 활기가 넘친다. 매일 성장하고, 학생들을 성장시키는 삶을 산다. 하루하루가 설레는 삶. 하루하루 배우는 삶. 같은 교무실을 쓰는 선생님 중에도 워킹맘이 많은데, 다들 학교에 오면 더 힘이 나고 재미있다고 한다. 학교에서 스트레스도 많이 받지만, 같이 웃기도 하고 위로도 받고 힐링도 한다.

각자의 삶은 다 소중하지만, 나처럼 더 성장하는 삶과 배우는 삶을 살고 싶다면 무엇이든 도전하기를 권한다. 도전해야 기회가 주어진다. 기회가 생기면 준비하고 있던 내가 그 기회를 잡으면 된다. 그 기회를 잡은 주인공이 바로 여러분 눈앞에 있다. 나는 절대로 특별한 사람이 아니다. 오히려 아파트 놀이터에서 흔히 볼 수 있는 동네맘이었다. 늘 보던 그 민찬이 엄마도 교사가 되는데, 못할 것이 없다. 지금 당장 도전해라. 결과가 원하는 대로 안 되더라도 그 과정에서 분명 얻는 것이 있다. 도전해서 우리의 삶을 바꿔보자. 어제와 다른 오늘, 오늘과 다른 내일이 기다리고 있다.

워킹맘 정인정의 삶

08:00	출근 준비를 끝내고 운전해서 민찬이와 민준이를 등교시킴
09:00	학급에 들어가서 조회를 마치고 1교시 수업을 함
10:00	업무를 처리하고 수업 준비를 함
11:00 ~ 12:00	수업하고 시험 문제 검토하고 수시로 메시지를 확인하고 업무를 함
12:00 ~ 13:00	점심먹고 아이들 고입 상담 함.
13:00 ~ 16:00	오후 수업을 하고, 반 아이들을 챙김
16:00 ~ 17:00	반 아이들 종례를 하고, 청소 지도를 함. 퇴근함
17:00 ~ 18:00	퇴근 후에 집을 정리하고 아이들을 챙김
18:00 ~ 20:00	저녁먹고 남편과 밀린 집안일 하고, 학교에 있었던 일을 이야기함
20:00 ~ 22:00	아이들 재우고 독서 혹은 밀린 학교 일을 함. 취침 전 내일을 계획함

관뚜껑 닫을 때까지 남는 미련

영화 「서편제」에는 아버지가 딸을 최고의 소리꾼으로 만들기 위해 약을 먹여 눈을 멀게 하는 장면이 있다. 딸을 장님으로 만들어서라도 최고의 소리꾼이 되도록 하는 것이다. 나는 그 장면을 보면서 아버지의 절실함과 한을 알 것도 같았다. 가지 못한 길에 대한 아쉬움이 한이 되어 꼭 이루고자 하는 욕망.

대학에 다닐 때는 매년 수능 날쯤 마음이 울적했다. 나는 고등학교 내신 성적보다 수능 성적이 아주 낮았다. 그래서 원하는 대학, 원하는 학과를 못 갔다. 신입생인 해에 수능 실패에 대한 실망감으로 과감하게 휴학계를 내고 반수를 했지만, 반수도 실패했다. 곧 복학하고 재수는 포기했지만, 항상 마음 한쪽에는 수능에 대한 아쉬움이 남아 힘들었다. 그러다가 졸업 후, 임용 시험을 쳤고 이제는 매년 임용 시험을 치는 날쯤이 되면 마음이 울적했다. 아마 합격을 못 한 아쉬움, 가지 못한 길의 아쉬움 때문일 것이다. 이렇게 매년 겨울쯤 나는 항상 우울했다.

결혼하고 아이 둘을 키우는 전업주부가 되고 나서는 임용 시험을 완전히 접었다. '이번 생은 이렇게 끝나는구나.'라고 생각했다. 하지만 임용 시험에 대한 아쉬움은 늘 마음에 있었다. 그 아쉬움으로 지금은 폐지된 TV 프로그램인 「도전, 골든벨」을 단 한 번도 제대로 본 적이 없다. 왜냐면, 「도전, 골든벨」을 보면 학교에서 기간제 교사를 하던 시절 생각이 났고, 학생들과 그 순간을 함께하는 교사들이 부러웠기 때문이다. 겉으로는 임용을 완전히 접었다고 이야기했지만, 항상 마음 한쪽에 임용 시험에 합격 못 한 '恨(한)'이 있었다.

주위에 나처럼 임용 고시에 합격 못하고 전업주부가 된 언니가 있다. 언니랑 구체적으로 이야기하지는 않았지만, 서로의 임용 고시 한을 잘 알고 있었다. "언니, 난 아마 관뚜껑 닫을 때까지 임용 시험 합격 못한 게 한이 될 거 같아. 죽을 때 임용 시험 합격도 끝내 못하고 죽는구나 하면서 죽을 거 같아." 언니도 이 말에 진심으로 공감했다. 지금 전업주부로서 행복하게 살고 있지만, 언니도 임용 시험에 합격 못한 아쉬움을 아직도 가지고 있는 것 같았다.

다행스럽게도 나는 2019년에 임용 시험에 합격했다. 합격하고 나서 드디어 '恨(한)'을 풀었다. 막상 합격하고 보니 특별한 것은 아니었다. 우리가 사춘기 때 키스에 대해서 막연하게 상상하지만, 막상 하고 나면 별거 아닌 걸 깨닫는 것처럼. 합격이 엄청 대단한 것은 아니었다. 다만 안정된 직장을 얻었을 뿐이다. 또 하나, 최소한 가지 못한 길에 대한 아쉬움과 한은 없어졌다.

지금 이 글을 읽으면서 '나도 할 수 있을까?', '나도 도전해 봐?', '나도 장롱에 교원자격증이 있는데.'라는 생각을 잠시라도 하는 육아맘이 있다면 제발 도전해라. 도전하지 않으면 성공할 확률은 0%, 도전하면 성공할 확률은 50%다. 해서 후회, 안 해서 후회라면 차라리 해서 후회하자. 인생은 단 한 번뿐이다. 최소한 인생에서 안 해서 후회하는 일은 없도록 하자. 5년 후 우리는 해서 후회한 행동보다 안 해서 후회한 행동들이 훨씬 더 많을 것이다.

아들에게 주는
최고의 입학 선물 '교사 엄마'

　나의 첫 아이 민찬이. 민찬이는 내 배 속에 있을 때부터 예쁜 아이였다. 지금은 둘째 아이 민준이도 있지만, 우리 부부에게 첫 아이 민찬이는 정말 소중했다. 내가 정신적으로 한참 힘든 시기에 태어난 아이라서 민찬이와 나 사이는 더 애틋하다. 엄마가 다치면 자기가 더 아프다고 하는 여리고 고운 마음을 가진 민찬이.

　그만큼 소중하고 예쁜 민찬이가 초등학교 입학을 앞두고 있었다. 입학을 앞두고 나도 보통 엄마들처럼 멋진 책가방, 민찬이를 왕자님처럼 만들어 줄 명품 코트, 학교 갈 때 신을 운동화 등 사주고 싶은 것이 많았다. 소중하고 예쁜 우리 민찬이가 입학하는데 귀한 선물을 해주고 싶었다. 그러다가 생각한 선물이 '교사 엄마'이다. 엄마가 교사라는 타이틀을 민찬이에게 선물로 주고 싶었다. 어떤 이는 "그건 핑계 아니에요? 본인이 성공하고 싶어서 아이에게 핑계 대는 것 같은데."라고 할 수도 있다. 하지만 아니다. 진심으로 나는 세상에서 제일 귀한 민찬이에게 내가 줄 수 있는 최고의 입학 선물을 주고 싶었다. 엄마 직업란에 당당하게 '교사'를 적을 수 있도록. 물론 요즘은 학교에서 학부모의 직업을 묻지도 않고 궁금해하지도 않는다. 하지만 그럼에도 '교사 엄마'라는 선물을 민찬이에게 꼭 선물하고 싶었다.

그렇게 시작한 임용 고시 공부라서 쉽게 지치지도 않았고, 쉽게 포기하지도 않았다. 몸이 힘들고 마음이 힘들어서 임용 공부를 포기하고 싶을 때도 많았다. 그럴 때마다 '나는 민찬이 엄마고, 민찬이에게 약속한 선물을 꼭 주고 싶어! 엄마가 민찬이를 위해서 못 할 건 없어.'라며 스스로 마음을 다독거렸다. 만약 임용 시험에 합격하고 싶은 이유가 우리 민찬이를 위한 선물이 아니었다면, 나는 이미 임용을 포기한 채 그냥 그렇게 살았을 수도 있다. 그만큼 '엄마'라는 이름은 상상도 못 할 초인적인 힘을 내도록 한다.

"민찬아, 엄마가 민찬이 입학 선물로 선생님이 되려고 공부하는 거야."라고 하면 민찬이는 눈을 반짝거리면서 "엄마, 그럼 엄마가 선생님이 되는 거예요?"라고 했다. 민찬이는 그런 늦깎이 임용 수험생 엄마를 진심으로 응원했고, 나 또한 민찬이를 위해서 열심히 공부했다. 비록 2018년에는 불합격했지만,

2019년에는 합격해서 조금 늦었지만 결국 입학 선물을 줬다. 세상 그 어디에도 없을 입학 선물. 아이에게 임용 고시 합격을 입학 선물로 주고 싶다는 소망으로 임용 시험에 최종 합격했다. 그로 인해서 나의 인생도 바뀌었고 민찬이를 비롯한 우리 가족의 인생도 바뀌었다. 말 그대로 나는 민찬이에게 약속한 최고의 입학 선물을 주었다.

고수익 투자처를 찾는 이들에게 저위험 고수익 투자처가 있다면 믿으시겠습니까?

요즘엔 부자 엄마, 부자 아빠 등 부자에 관한 책이 많다. 그만큼 많은 사람들이 부자 되는 법에 큰 관심을 둔다는 것이다. 특히 코로나 시대에 부동산과 주식은 사람들의 주된 관심사다.

우리 가족은 내가 임용 시험에 합격하면서 수도권에서 충청남도로 이사를 했다. 수도권에 있는 아파트는 그대로 둔 채 충청남도에 잠시 살 생각으로 전·월세를 얻었다. 몇 년 사이에 부동산을 비롯한 경제 상황은 날마다 달라지고 있다. 누구는 돈을 벌었고, 누구는 돈을 잃었다. 이렇게 한 치 앞을 알 수 없는 상황에서 나는 소액을 투자해서 꾸준히 돈을 벌 수 있는 고수익 투자처를 알고 있다. 이 투자처의 특징은 다음과 같다.

1. 투자 비용이 적다. 200~300만 원이면 충분하다.
2. 투자로 성공 시 그 즉시 적어도 매달 200만 원 이상 수익이 나온다.
3. 분기별로 몇십만 원 혹은 몇백만 원이 별도로 나온다.
4. 한 번의 투자로 최소 20년에서 최대 40년 수익 창출이 가능하다.
5. 매해 수익이 늘어난다. 20년 후에는 세후 한 달에 400만 원 이상도 가능하다.
6. 65세 이후 매달 최소 100여만 원 이상의 연금이 지급된다.

자 이런 고수익 투자처가 있다. 어떤가? 투자하고 싶지 않은가? '당연히 투자해야지!'라고 하거나 아니면 '말도 안 된다. 이런 꿈의 투자처가 어디에 있냐?'라며 사기라고 할지 모르겠다. 그 어떤 주식도 이 정도의 수익은 창출하지 못한다. 하지만 존재한다. 나는 2017년~2018년에 1년 6개월 동안 약 200~300만

원만 투자했고, 그 후 계속 이익 창출 중이다. 그 투자처는 바로 '공부'다. 공부에 투자하는 것보다 나은 투자 방법은 없다. 임용 공부에 몇백만 원만 투자하면 최소 60세까지 평생 벌 수 있다. 또 연금도 나오고 육아휴직 중에는 육아휴직급여도 나온다.

예전 동네맘들과 "민찬 엄마! ○○마트가 오픈해서 두부가 싸대."라며 몇천 원 아껴본들 그 돈은 임용 고시 합격으로 버는 한 달 월급에 훨씬 못 미친다. 나는 스스로 생각하기에 공부로 돈을 과할 정도로 벌었고, 벌고 있고, 벌 예정이다. 전업주부 시절과 비교하면 정말 많은 돈이다. 일을 그만두지 않는 한 몇십 년 동안 매월 17일에 월급을 받을 예정이다. 이게 가능한 이유는 딱 하나다. 2017년~2018년에 동네맘들이 오전에 커피 마시고 수다 떨고 오후에 놀이터를 배회할 때 나는 공부했다. 그거 딱 하나다. 바로 공부다.

물론 임용 시험에 실패할 수도 있다. 그러면 다른 주식이나 부동산처럼 공부가 내 인생에 마이너스가 되느냐? 공부는 그렇지 않다. 최소한 본전은 한다. 물론 공부하는 동안 돈도 시간도 청춘도 버려질 수 있다. 하지만 내 머릿속에 최소한의 전공지식은 쌓여있을 것이다. 시험에 실패해도 그 지식을 활용해서 기간제교사나 시간강사를 할 수도 있다. 임용 고시를 공부한 경험으로 자녀에게 좋은 공부 방법을 알려줄 수도 있다.

　나는 공부를 통해서 합격 외에도 얻은 것이 많다. 임용 고시를 공부하는 동안 어떻게 하면 공부를 효율적으로 할 수 있는지도 알게 되었다. 또한, 스터디를 통해서 20대들과 교류했고, 그로 인해 평소 잘 몰랐던 20대들의 생각도 알게 되었다. 아이들에게 공부하는 엄마의 멋진 모습도 보여줬다. 그것만으로도 나는 투자 대비 충분한 수익을 올렸다.
　남편과 가끔 부동산 이야기를 하는데, 부동산으로 이익을 본 사람들을 부러워하지 않는다. 물론 첫 번째 시험 친 지역이 세종이었는데, 그 지역 부동산 가격이 엄청나게 오른 건 배가 아프지만 말이다. 남들이 부동산에 투자할 때 나는 공부에 투자했다. 물론 수익은 세종이나 강남에 땅을 산 것보다 못할 것이다. 그런데 인생의 가치로 본다면 어떨까? 내가 2017년~2018년 공부에 투자해서 얻은 가치는 세종에 아파트 열 채를 산 것만큼 내 인생에서 가치가 있다. 아파트 가격은 언제든 오를 수도 있고 내려갈 수도 있다(글을 쓰기 시작할 때와 비교하면 지금 아파트 가격은 많이 내렸다). 나의 가치와 자존감은 떨어지지도 않을뿐더러 더 상승할 일만 남았다. 나의 가치만 올라간 것이 아니라 남편, 우리 아이 둘의 인생 가치도 올라갔다.

육아맘이여! 제발 부탁한다. 자신에게 투자해라. 공부에 투자해라. 내일 오전은 커피타임이 아니라, 공부 타임을 갖길 바란다.

임용 시험, 어쩔 수 없었던 선택지

2017년에 임용 공부를 다시 시작하기로 한 건 여러 가지 이유가 있었다. 민찬이 입학 선물로 '교사 엄마'를 주고 싶다는 것이 가장 큰 이유였지만, 다른 이유도 있었다. 그 중 하나가 '기간제 교사를 하고 싶지 않다는 것'이었다. 나는 기간제 교사를 하고 싶지 않아서 임용 고시에 다시 도전했다. '당연히 기간제 교사보다 임용 시험을 쳐서 정교사가 되는 것이 훨씬 좋으니까 그랬겠지. 그건 당연한 거 아냐?' 라고 할 수도 있다. 그러나 정확하게 이야기하면 기간제 교사를 하기도 싫었지만, 기간제 교사를 할 수도 없었다.

기간제 교사를 다시 하기에는 아이가 둘이나 있었고, 나이도 많았다. 나이에 비해서 경력도 적은 편이었다. 즉 경력 단절이 8년이나 되는 전업주부. 사범대학 가정교육과를 졸업했지만, 학벌이 그리 좋지도 않았다. 지방에서는 그나마 인지도가 있는 학교였지만, 수도권에서는 인지도가 없는 학교였다. 그마저도 졸업한 대학에 가정교육과는 지금은 폐과가 되었다. 경력도 별로, 학벌도 별로인 말 그대로 아들 둘이 있는 아줌마를 기간제 교사로 채용해 줄 학교는 없어 보였다.

몇 년 전, 충남 모 지역에 ○○ 중학교 기간제 교사에 응시했다. 그 당시 민찬이가 어렸지만, 기간제 교사 자리가 1년짜리였으며 마침 내가 사는 아파트 바로 옆이었다. 우리 집 거실에서 항상 보던 학교다. 그 학교라면 나를 기간제 교사로 채용해 줄 수 있을 거 같았다. 당시에는 내 나이도 30대 초반이었고, 경력 단절도 3년 정도였다. 나름대로 광역시 고등학교 기간제 교사 경력이 좀 있었고, 다른 기간제교사 경력까지 합치면 5년이나 되는 경력자였기 때문이다. 승산이 있어 보여서 과감하게 응시했고 서류전형에도 합격했다.

면접 날, 붙박이장 깊숙이 처박아 둔 정장을 입고 학교에 갔다. '걸어서 5분. 그래, 여기는 민찬이를 어린이집에 보내고도 충분히 다닐 수 있겠다.'라고 생각하며 학교 안 교무실로 조심스럽게 들어갔다. 오랜만에 느껴보는 교무실 분위기는 학기 말이라서 어수선했다. 가정과 기간제 교사에 응시하러 왔다고 하니 대기실을 안내해주었다. 간단하게 면접을 보고, 수업 실연도 한다고 했다.

갑작스러운 수업 실연이었지만, 뭐 그 정도야 할 수 있지 하며 스스로 자신감을 가졌다. 나를 포함함 3명의 기간제 교사 응시생. 다들 나처럼 아줌마였다. 그중 내가 제일 어려 보여서 속으로 '이 정도면 내가 합격할 수도 있겠는걸.'이라고 생각했다. 그런데 면접을 같이 기다리던 한 응시생이 갑자기 대기실에서 커피를 타서 나를 포함한 다른 응시생에게 대접했다. 알고 보니 커피를 타던 응시생은 이 학교에서 몇 년이나 기간제 교사를 한 사람이었다. 같이 면접을 기다리면서 경쟁자인 다른 응시자에게 커피를 타서 대접하다니. 불길한 예감이 들었고 이 불길한 예감은 역시나 맞았다.

수업 실연을 열심히 했지만, 수업 실연을 보신 교감 선생님과 교무부장 선생님은 대충 보시고는 나에게 대놓고 이야기하셨다. 원래 계시던 기간제 선생님을 채용하려고 하는데, 교육청에서 공정하게 매년 공고를 올려서 시험을 보라고 했단다. 그래서 어쩔 수 없이 공고를 냈다고 했다. '그럼 공정하게 봐야지? 이게 무슨?' 말 그대로 나는 들러리였다. 화가 날 법도 했지만, 상황 자체가 너무 어이가 없어서 화도 안 났다. 화를 낼 수도 없는 것이 나는 을 중의 을이었다. 이 면접을 위해서 우리 남편은 연차까지 내서 우리 민찬이를 보고 있는데, 이게 무슨 일인가? 이런 내정자가 있는 면접이라면, 나는 면접을 보지 않았을 것이고 남편의 귀한 연차도 쓰지 않았을 것 아닌가?

기간제 교사에 응시 서류를 내고 면접을 보면 이런 일은 비일비재하게 있다. 서류 자체를 그 자리에서 돌려주거나, 들러리로 서거나, 억울하게 탈락하거나, 아니면 기간제 교사로 합격해도 불합리한 일들을 당하는 경우도 종종 있다. 요즘은 기간제 교사에 대한 인식도 많이 개선되었고, 예전과 같지 않다고 한다. 하지만, 아직도 많은 기간제 선생님들은 정교사 선생님들에 비해서 속상한 일들을 많이 겪을 거라고 짐작한다. 이렇게 면접은 어이없이 끝났고, 허탈하게 학교 현관을 나왔다. 마침 ○○ 중학교 신규교사 발령을 축하한다는 안내문이 학교 현관에 붙어있었다.

〈가정과 신규교사 000 발령을 축하합니다. -ㅇㅇ중학교-〉

가정과 신규교사가 발령 났나 보다. 누구는 신규교사 발령 축하를 받고, 누구는 기간제교사 면접과 수업 실연까지 하고선 바로 그 자리에서 탈락하고. 참 인생이 씁쓸했다. 그 안내문을 보고 나니 나 자신이 더 비참했다.

이런 경험을 겪고 난 후, 나는 가정 기간제 교사를 하는 건 시도도 하지 않았다. 거기에다가 결혼 전후에 기간제 교사를 하면서 받은 설움들이 지금도 나를 괴롭히는데, 그 설움을 또 받으면서 기간제 교사로 학교에 근무하고 싶지 않았다. 차라리 임용 고시를 공부하는 것이 훨씬 나아 보였다. 최소한 임용 고시는 정해진 합격자가 있는 것도 아니고, 아줌마라고 불합격시키지도 않을 것이다. 내가 아이가 둘이라고 난색을 표현하지도 않을 것이다. 내가 어느 대학 출신인가도 중요하지 않을 것이다. 남편에게는 "기간제 교사는 응시하면 될 수는 있을 거야."라고 호언장담했지만, 사실은 자신이 없었다. 그러니 어찌 보면 임용 시험은 나에게 어쩔 수 없는 선택지였다.

그 언니도 했는데 나라고 안 될까?

해를 거듭할수록 취업준비생들에게 큰 관심을 받는 '공무원'이라는 직업. 7·9급 공무원 준비생만 해도 20~30만 명에 달한다. 여타 다른 공무원 시험까지 합치면 40만 명에 육박한다. 공무원 시험이 관심을 받는 이유는 여러 가지가 있겠으나, 그중 하나가 공정한 시험에 대한 기대감일 것이다. 민찬이에게 입학 선물을 주기 위해서 임용 시험 공부를 시작했지만, 주저하지 않았던 이유도 임용 시험만큼은 공정하리라 믿었기 때문이다. 앞서 기간제 교사에 응시한 경험을 비추어 봐도, 임용 시험만큼 공정한 시험은 없어 보였다. 경력이 단절된 아들 둘 엄마가 하기에 그나마 공정한 시험이었다.

지금 경력단절을 끊고 재취업을 고민하는 육아맘이 있다면, 공무원 시험도 선택지에 넣었으면 좋겠다. 각 공공기관이나 교육기관에서 교육 행정사 등의 무기계약직도 계속 뽑고 있다. 나도 한때 경력단절 여성이었다. 경력단절 여성이 마음 편하게 아이를 돌보면서 다닐 수 있는 곳을 찾기는 요즘도 힘들다. 있다고 해도 공정한 채용 시험이 이루어질지 의문이다.

나는 학교에서 근무하는 기간제 교사 자리도 알 수 없는 이유로 무수히 탈락했다(소수의 학교에서 일어나는 일이다). 그러나 공무원 시험, 공무직 시험은 앞에서 말한 육아맘의 고민을 해결해줄 수 있는 시험이다. 국가에서 공식적으로 이루어지는 시험으로 최소한 공정성은 갖춘 시험이다. 지역, 학벌, 나이, 결혼 여부가 전혀 상관없는 시험이다. 그러므로 그나마 공정한 시험, 그나마 내가 합격할 수 있는 시험이니 뜻이 있다면 꼭 도전하면 좋겠다.

　내가 자주 들르던 맘카페에 이런 글을 쓴 선배 교사가 있었다. "결혼하고 아이 낳고 나서 유치원 정교사가 되었는데요. 합격하면 내 인생만 바뀌는 게 아니라 아이들의 인생도 바뀌어요. 그러니까 꼭 공부하세요." 그 선배 교사를 만나보지는 않았지만, 나처럼 합격 후 자신의 인생과 가족의 인생도 많이 바뀌었을 것이다. 지나가다가 핫딜만 떠도 비슷한 처지의 아줌마들에게 추천하는 것이 우리네 아줌마들이다. 그런 선배 교사 아줌마가 강력하게 추천하는 도전이니 후회하지 않을 것이다.

　나 또한, 합격하고 교사가 되고 보니 나의 인생뿐만 아니라 우리 아이들의 인생도 바뀌었다. 아이들을 위해서라면 자기 목숨도 바칠 수 있는 게 엄마 아닌가. 그런데 내가 공부하면 우리 아이들의 인생이 바뀐단다. 엄청난 일이다. 다시 한번 말하지만 제발 엄마의 자기 성장을 통해서 아이들의 인생도 바뀌면 좋겠다. 아직 늦지 않았다. 당신도 할 수 있다. '그 언니니까 가능한 일이구나.'가 아니라 '그 언니도 가능한데 나도 가능하다.'라고 생각하며 도전해 보자.

2장

선배
놀이터 맘의
충고

누군가의 인생을 바꾼 몇 줄의 문장

2019년 임용 고시에 최종 합격했다. 늘 가던 20만 명이 넘는 직구 카페에 나의 임용 최종 합격을 알렸다. 39살에 아들 둘 맘인데, 임용 고시에 최종 합격을 했다고 글을 올렸다(임용 공부하면서 늘 꿈꾸던 합격 버킷리스트였다). 이른 오전 시간에 올린 글이었음에도, 수많은 회원이 축하의 메시지를 보내줬다. 특히 육아맘 회원들이 자기 일처럼 진심으로 축하해줬다. 심지어 어떤 회원은 남편에게 내 이야기를 하면서 울컥해서 눈물도 흘렸다고 했다.

수백 개가 넘는 댓글의 수도 놀라웠지만, 정말 놀란 것은 생각보다 많은 육아맘 회원들이 장롱 안에 교원자격증을 품고 있었다는 것이었다. 나처럼 몇 번의 좌절로 임용 시험을 접고 전업주부가 된 사람들이 많았다. 의외로 많은 육아맘 회원들이 내 글을 보고 나처럼 다시 공부를 시작하기를 희망했고 합격 수기도 궁금해했다.

 나는 수석이나 차석도 아니고 수도권 합격자도 아니다. 하지만 합격 수기를 올려달라는 요청을 모른 척할 수 없었다. 하물며 어떤 물건을 싼 가격에 사서, 잘 사용하면 추천해주고 싶은 것이 아줌마의 마음이다. 교사 맘으로서의 삶 또한 마찬가지다. 이렇게 좋은 것을 나만 누릴 수 없었다. 같이 누리고 싶었다. 또한, 축하에 보답하고 싶었다. 용기 내어서 엄마들의 상황에 맞는 합격 수기를 작성했다. 그 당시에 최종합격자 서류를 빠짐없이 준비해야 했기 때문에 무척 바빴지만, 시간을 내어서 합격 수기를 솔직담백하게 적었다. 내가 쓴 합격 수기 글은 반응이 좋았다. 수백 개의 댓글이 순식간에 달렸다. 대부분 육아맘 회원들은 공감했고 감사의 의미를 표현했다.
 이 글은 나중에 상상 이상의 파급력을 보였다. 이 글을 본 한 육아맘의 인생이 바뀐 것이다. 글을 쓰고 1년 후에 우연히 카페 게시글을 보았다. '아이 키우면서 임용 고시에 최종 합격했어요.'라는 제목의 글이었다. 그 글을 읽고 있는데, 정말 깜짝 놀랐다. 1년 전 내가 쓴 합격 수기를 보고 다시 임용 고시 공부를 했고 최종 합격했단다. 정말 기적이다. 내 글을 읽고 '2020년 윤리 교과 신규교사'가 되었다니. 댓글로 서로 덕담을 주고받았다. 나한테 고맙다고 했지만, 내가 더 고마웠다. 내 글을 읽고 자신의 인생을 바꾼 합격생 육아맘에게 받은 감동은 지금도 잊지 못한다.

　나의 합격 수기가 다른 사람의 인생을 바꿀 거라는 건 상상도 못 했다. 임용 고시에 최종 합격하고 주위에서 진담 반, 농담 반으로 책을 쓰라고 했다. 당시에는 책은 대단한 사람들만 쓰는 건 줄 알았다. 그런데 한 페이지도 안 되는 내 글로 인해서 얼굴도 모르는 이의 인생이 바뀌었다. 그때 책을 써야겠다고 생각했다. 몇 줄의 문장으로 인생을 바꾸는 마법. 그 마법이 이번에도 또 통했으면 좋겠다.

육아맘들이여,
우리 조금 솔직해지면 어떨까?

내 게시글에 선한 댓글만 있었던 건 아니었다. 한 회원은 유독 까칠하게 내 글에 공격적인 댓글을 남겼다. 왜냐면 내 글이 동네맘과의 관계에서 오는 불편한 마음을 그대로 드러냈기 때문이다. 동네맘과 지내며 불편했던 이야기를 숨길까 고민했지만, 동네맘과의 관계에 전전긍긍하느라 무의미하게 보낸 시간에 대한 후회와 원망, 배신감을 숨기기 싫었다. 분명 나처럼 동네맘과의 관계로 힘들어하는 육아맘이 있을 거라고 생각했기 때문이다.

그런데 그런 내 글이 그 회원을 무척 불편하게 했던 것 같다. 그 회원은 다른 사람들조차 댓글을 보고 당황할 정도로 나에게 저격하는 글을 달았다. 댓글에 바로 항변할까 하다가 '그래, 그 댓글을 쓴 이가 지금 상황이 만족스럽고 행복하면 합격 수기 글에 굳이 까칠한 자신의 마음을 털어놓지는 않았겠지. 예전의 나처럼 힘든가 보구나!'라고 생각하며 무심하게 넘겼다. 오히려 다른 회원들이 그 댓글에 너무 심한 것 아니냐며 나를 지원하는 대댓글을 적어주었다.

　나를 저격한 회원의 댓글은 다음과 같다.

　'다 늦게 공부해서 애들이랑 남편 희생시켜서 합격하고서는 뭐가 잘났다고 합격 수기를 올리냐?'

　'학교 다닐 때는 뭐 한다고 공부도 안 하고 마흔 살에 공부한 게 뭐 그리 잘났으며, 합격하면 아이들에게 신경을 못 쓸 텐데. 그게 그리 대단하냐?'

　'도우미를 고용하면 돈도 많이 들어갈 텐데. 돈만 쓰고 애들만 고생한다.'

　'본인도 교원자격증이 있지만, 실패하고 지금은 놀이터에서 애들과 노는 걸 만족한다.'

　만약 내가 최종 합격을 하지 못하고 자존감이 낮았다면 나도 쏘아붙이는 댓글을 달았거나, 조용히 내 글을 지웠을 것이다. 하지만 그렇게 하지 않았다. 반박도 하지 않았다. 반박할 필요성을 못 느꼈다. 그때 나는 최종 합격의 기분을 만끽하고 있었고, 구구절절 반박하지 않아도 다른 회원들이 대신 조목조목 반박을 해주었기 때문이다. 그때는 반박을 안 했지만, 지금은 공격성 댓글을 적은 회원에게 알려주고 싶다. 당신의 댓글이 얼마나 많은 육아맘의 자기 성장을 막고 있는지를….

1. 대학 때 공부 안 하고 다 늦게 공부해서 합격한 것이 뭐가 자랑이냐? 그때 공부를 얼마나 못했으면

더 놀라운 건 이 공격적인 댓글을 단 회원도 임용 고시 공부를 잠시나마 했다는 사실이다. 잠시나마 임용 고시를 공부했고 본인도 실패했으면 임용 고시가 얼마나 어려운 시험인지 잘 알 것이다.

임용 시험은 임용 고시라고 한다. 그만큼 어려운 시험이고, 이 시험에 목숨 걸고 공부하는 사람이 수십만이다. 임용 시험에 죽을 만큼 공부해도 수많은 사람이 불합격하는 시험이다. 불합격하는 사람이 합격하는 사람보다 훨씬 많은 시험이다. 나보다 학벌이 좋고 머리 좋은 사람도 번번이 떨어지는 시험이다. 실력이 아무리 좋아도 시험과의 궁합, 운, 시험 날의 컨디션 등으로 불합격을 할 수도 있다. 그런데 대학교 때 공부 안 하고 뭐 했냐고? 나는 대학 다닐 때 단 한 번도 장학금을 놓친 적이 없었다. 학점이 좋아야 들어갈 수 있는 기숙사 생활도 계속했다. 높은 학점으로 조기 졸업도 했다. 즉 4년 동안 누구보다 열심히 공부했고, 우수한 성적으로 졸업했다. 그런데도 임용 시험은 잘 안됐다. 교원자격증이 있고 임용 시험을 친 경험이 있다면 그걸 누구보다 잘 알 것인데 저런 댓글을 달다니 이해가 안 된다.

2. 놀이터에서 죽순이로 사는 것도 각자의 가치관 아닌가?

각자의 가치관을 인정한다. 자신의 가치관에 의해서 커피 마시고 수다 떨고 아이들을 놀이터에서 놀게 해주는 것도 좋다. 그러나 나는 그런 시간이 아까웠다. 만약 여동생이 그런 삶을 산다면, 정신 차리라고 말하겠다. 조금 더 건설적인 일을 하라고. 그렇게 커피 마시고 남은 것이 뭐냐고? 정말 진지하게 묻고 싶다.

아이의 정서적 여유를 꼭 놀이터에서 찾아야 하나? 오히려 엄마와 집에서 애착 관계를 형성하면 안 되나? 그 당시 민찬이는 또래 아이와 놀이터에서 옥신각신하면서 나의 방치 속에서 지냈다. 심지어 그중에는 우리 민찬이의 자존감을 깎아 먹는 아이도 있었지만, 엄마들의 관계 때문에 알고도 모른 척한 적도 있다.

말은 그럴듯하다. 말은 엄마가 아이와 놀이터에서 같이 놀아준다지만, 정말 아이와 오롯이 놀아주고 있나? 열 중에 일곱의 동네맘은 아이는 친구와 놀라고 방치해 둔 채 주변 동네맘과 수다 삼매경에 빠져있다(당시 우리 아파트 놀이터는 그랬다). 그런 상황에서 아이의 정서적 여유가 저절로 생길까? 아이의 정서적 여유가 생긴다고 한들 그게 뭐라고 매일 나와서 몇 시간씩 커피를 마시고 수다를 떤단 말인가? 내가 경험하지도 않고 짐작해서 하는 말이 아니다. 4년이 넘게 놀이터 맘으로 지내면서 내가 직접 겪고 하는 말이다. 그 말을 고깝게 듣고 자신의 의견이 무조건 옳다고 한다면 할 말이 없다.

3. 늦게 임용되어서 번 월급은 등·하원 도우미 비용으로 다 나간다

나이 39살에 임용되었지만, 결혼 전 경력이 5년이나 된다. 나의 복직 후 첫 월급은 세금 다 떼고, 기여금 내고도 290만 원이었다. 복직하고 맞벌이 맘으로 지내지만, 아직 등·하원 도우미를 단 하루도 써본 적이 없다. 복직 후에도 등·하원 도우미 비용을 지금껏 만 원도 쓰지 않았다. 합격할 당시 민찬이는 초등학생이고, 민준이는 어린이집을 다니고 있었다. 복직하면서 맞벌이 점수로 맞벌이 맘이 선호하는 어린이집에 수월하게 아이를 입소시켰기 때문이다.

민준이가 다니는 어린이집은 오전 7시 30분부터 저녁 7시까지 운영한다. 중등학교 교사인 나의 출근 시간은 오전 8시 30분이고, 퇴근 시간은 오후 4시 30분이다. 등·하원 도우미를 쓰지 않아도 충분히 민찬이와 민준이 케어가 가능하다. 등·하원 도우미를 쓸 필요가 없다.

여기에 더하자면 민준이가 만 5세가 되기 전까지 육아 시간을 썼다. 그래서 일찍 퇴근하는 날은 퇴근 시간이 오후 3시 30분이었다. 오히려 전업주부일 때보다 더 빨리 민준이를 하원 시킬 수 있었다. 만약 등·하원 도우미를 쓴다고 해도 아이가 평생 어린이집을 다니는 것은 아니다. 아이가 커서 학교에 입학하고, 곧 스스로 등·하교가 가능해진다. 나의 연봉은 계속 올라갈 것이고, 등·하원 도우미는 점점 필요 없어질 것이다.

한편 꼭 경제적 가치만 봐야 할까? 자신의 월급이 전부 등·하원 도우미 비용으로 들어간다고 하자. 그 기간도 아주 잠시다. 그리고 그동안 나의 경력과 나의 성장은? 어떤 이는 자신의 성장을 위해서 많은 돈을 투자해서 유학도 가고 대학원도 간다. 교직 생활을 하면 자신의 경력을 쌓을 수 있을 뿐만 아니라 성장도 하고 거기에 돈도 벌 수 있다. 단순히 돈으로 환산할 수 있는 가치는 아니라고 본다.

4. 아이가 고생한다

아이가 고생하는지 안 하는지 어떻게 아는가? 나는 우리 아이 둘이 고생 안 하도록 학교 가까이에 집을 구했다. 민준이 등원 시간은 오전 8시 10분 전후고, 하원 시간은 오후 5시 전후다. 민준이 하원 시간만 1시간 정도 늦어졌을 뿐 전업주부일 때와 비교해도 큰 차이가 없다. 아이가 엄마의 직장생활로 고생한다고 하자. 그것이 아이의 전체 인생을 봤을 때 큰 손해인가? 단언컨대 아니다. 우리 아이는 누가 묻지 않으면 엄마가 교사인 걸 말 안 한다. 그런데도 알게 모르게 엄마가 자기가 다니는 학교에 선생님과 같은 일을 하는 것에 자부심을 느낀다. 또한, 학교에서 발생하는 여러 가지 일들에 대해서 교사인 엄마와 상담하고 조언을 구한다. 이러한 시간을 통해서 전보다 아이와 더 가까워지기도 했다.

전업주부 때는 아이 사교육비를 쓸 때 남편의 눈치를 봤고, 남편의 허락을 매번 받았다. 민찬이를 내가 원하는 유치원이나 학원에 보내고 싶을 때면 남편에게 구구절절 설명했다. 남편이 반대하면 보내지 않았다. 지금은 남편에게 의견은 묻지만, 내가 거의 결정한다. 게다가 민찬이가 중·고등학생이 되면 아무래도 외벌이 가정일 경우 사교육비를 부담하는 것이 부담될 것이다. 그런데 지금은 맞벌이라서 외벌이일 때보다 사교육비를 부담하는 것이 비교적 힘들지는 않다. 그래서 아이들이 원하는 학원을 마음껏 보내주고 있다. 그러니 우리 아이들을 그 전과 비교해도 고생한다고 생각하지 않는다.

5. 아이 픽업이 전업주부는 가능하고 맞벌이 맘은 불가능하다

아이 픽업이 그렇게 중요한 문제인가? 차량을 운행하는 학원이 많다. 차량 운행을 안 하는 학원에 엄마가 픽업해주면 아이에게 유리하다고 가정하자. 보통 픽업은 아이들 하교 이후에 이루어진다. 차량 운행을 안 하더라도 내 퇴근은 오후 4시 30분이므로, 퇴근 후에는 픽업이 충분히 가능하다.

나중에 훗날 적어도 우리 아이에게 "내가 너희를 얼마나 공들여서 키웠는데. 너도 애 낳고 살아봐라. 내 맘을 알 거다."라는 자조 섞인 말은 최소한 하지 않을 것이다. 각자의 삶이 있고, 각자의 삶을 지지해주는 것이 중요하다. 아이가 성공한 인생을 살더라도, 엄마가 너는 나의 희생으로 그렇게 되었다고 한다면 과연 진정으로 성공한 인생일까?

6. 공부는 때가 있다

공부에 때가 있다는 말에 공감한다. 물론 두뇌 회전이 좋고 모든 조건이 받쳐주는 학창 시절에 공부하는 것이 효율적이다. 그러나 지금은 4차 혁명 시대고, 100세 시대다. 12년 동안의 공부로 남은 80년을 사는 것이 불가능 한 시대다. 100세 시대에 공부는 때가 있다며 30세에는 공부를 안 할 것인가? 이것처럼 어리석은 생각이 어디에 있겠는가?

옛날 같으면 임용 고시에 합격하고 '아! 이제는 더 공부를 안 해서 좋다.'라고 하겠지만, 지금은 아니다. 평생 공부해야 한다. 공부해야 성장을 하고, 성장해야 생존이 가능한 세상이다. 공부에도 때가 있어서 10~20대에 공부해야 한다는 구닥다리 생각을 했다가는 미래 사회에 적응 못하고 도태될 것이다. 하물며 집에서 작은 소품을 팔더라도 판로 개척을 위해 공부해야 하는 세상이다. 그만큼 공부는 평생에 걸쳐서 이루어지는 과업이다.

7. 한 학교에서 한 사람꼴로 육아를 위해서 교사의 직업을 버리고 전업주부의 삶을 산다

진짜 한 학교에 한 사람이나 그렇단 말인가? 전국의 학교 수가 얼마인데. 교사가 육아를 위해서 학교를 그만둔다고? 왜? 육아 휴직제도가 있는데. 그것도 한 아이당 3년을 써도 그 어느 누가 뭐라고 하지도 않는데. 다른 직업과 달리 교사는 직업 안정성이 있어서 몇 년을 휴직해도 돌아갈 자리가 있다(심지어 9년을 휴직하고도 복직한 교사 맘도 실제로 있다). 중등의 경우 자신이 다니던 학교에 복직도 가능하다. 심지어 잘 적응하라고 복직 연수도 교육청에서 무료로 해준다.

게다가 아이가 만 5세 이하면 육아 시간도 쓸 수 있다. 시간제 근무도 가능하다. 그런데 육아를 위해서 정교사 자리를 버린다고. 물론 남편이 어마어마하게 돈을 잘 벌거나, 시가나 친정이 부자라면 가능할 수도 있겠다. 그렇더라도 실제 교사들이 아이 육아만을 이유로 학교를 그만두지는 않는다. 학교는 아이를 키우면서 일하기에 열악한 근무환경이 아니다. 교사의 직이 맞지 않아서, 가족이 이민 가서, 자신의 건강을 위해서 그만두는 경우는 봤다. 아이의 육아만을 이유로 그만두는 경우를 아직은 못 봤다.

독자 중에는 공격적인 댓글을 쓴 회원처럼 생각하는 이도 반드시 있을 것이다. 사람마다 관점은 다르며, 자신이 중요하게 생각하는 부분이 다르다. 다른 것이지, 틀린 것은 아니다. 다만 아이의 삶만큼 자신의 삶도 소중하다고 생각한다면 곰곰이 이 문제를 생각해보면 좋겠다.

나는 동네맘으로 지낼 때 삶이 무의미했다. 그걸 깨닫고 공부했고 인생이 바뀌었다. 바뀐 인생이 만족스럽다. 내 이야기에 조금이라도 공감이 된다면 공부 등 자기 계발을 통해서 인생을 바꾸었으면 좋겠다. 만약 내가 동네맘과의 관계를 우선시하고 놀이터 맘으로 계속 지냈다면 나는 지금쯤 어디에서 뭘 하고 지낼까?

마지막으로 「유 퀴즈 온 더 블록」에 출연하신 박혜란 선생님의 말씀을 덧붙인다.

"여러분이 열심히 자기 인생을 살아가는 그 모습 자체가 아이들에게 큰 선물이에요. 그러니 자부심을 가지라고 해요. 물론 아이만 키우는 데서 행복을 느끼는 분도 있어요. '나는 왜 아이만 키우는 게 행복할까, 남보다 좀 뒤처지지 않을까 걱정하는 사람도 있는데.'라고 생각한다면, 내가 거기서 행복하다면 나는 그렇게 하는 거죠."

지금의 인정이가
과거의 인정이에게

과거의 인정아! 안녕?

나는 지금의 인정이야. 그동안 많이 힘들었지? 스물네 살부터 임용 시험은 번번이 낙방하고, 기간제 교사로 몇 년 근무하지만, 기간제 교사라고 설움을 복 받듯이 받고. 시간이 흘러서 서른 살에 결혼했는데, 여러 가지로 몸과 마음이 힘들고 말이야. 하지만 인정아, 절대로 네 인생을 포기하지 마. 너 정말 그당시에는 '이번 생에는 안 되나 보다. 이렇게 살다 죽나 보다.'라고 생각하는데, 그런 생각하지 마. 너 정말 괜찮은 사람이야. 네가 생각하는 것 보다 너 능력 있어. 네 인생을 접기에는 너는 너무 젊고 재능이 많아.

인정아! 너는 지금 경기도에 한 아파트에서 경력이 단절된 채 동네맘으로 지내고 있지? 민찬이는 6살이고 민준이는 2살이지? 지금 내가 봐도 육아로 힘들긴 하겠다. 그런데 인정아, 아무리 어린아이가 둘이고, 양가가 멀리 떨어져서 혼자서 육아를 하는 힘든 시기지만 제발 공부해. 공부를 할 수 없는 상황이면 독서라도 해.

  너는 지금 그 동네에서 알게 된 비슷한 또래 아줌마들과 언니 동생 하면서 재미있게 지내고 있어. 매일 아침에 민찬이를 등원시키고, 민준이를 유모차에 태워서 카페나 동네맘 집에 가서 커피타임을 즐기잖아. 그렇게 보내다가 민찬이가 하원을 하면 다시 커피타임을 한 동네맘들과 놀이터에서 한참을 놀다가 집으로 갈 테지. 말이 놀이터에서 애들과 노는 거지, 민찬이는 친구들과 알아서 놀고, 너는 동네맘들과 해도 그만, 안 해도 그만인 이야기를 쉴 새 없이 하고 있어. 민준이는 유모차에 넣어 둔 채 말이야.

  인정아, 그 시간이 정말 아깝지 않니? 물론 너는 "아니. 나는 지금 동네 언니, 친구, 동생들과 같이 노는 게 좋은데. 이렇게 안 지내면 우리 민찬이가 같이 놀 친구가 없는데."라고 하겠지. 인정아, 민찬이는 친구들과 잠시만 놀아도 돼. 1시간 정도만 놀이터에서 놀게 하고 집에 들어가. 공부를 안 하더라도 유튜브로 괜찮은 강연 영상이라도 보든지, 아니면 독서라도 해. 차라리 푹 쉬기라도 해.

  네가 그렇게 동네맘들과 함께하는 건 민찬이를 위한 게 아니야. 네가 소속감이 없고, 동네맘들에게 소외당할까 겁나서 그런 거잖아. 물론 당장은 힘들겠지. 그런데 그 동네맘들 정말 의리가 없어. 동네맘들은 네가 없어도 그만, 있어도 그만이야. 네가 동네맘들을 생각하는 것과 동네맘들이 너를 생각하는 게 달라. 그러니까 제발 정신 차려.

지금처럼 계속 생활하면 너 나중에 남는 건 하나도 없고, 동네맘들에게 상처만 받아. 그러니까 지금이라도 정신 차려. 이렇게 이야기해도 말을 안 듣는다면 할 수 없지? 몇 년 뒤 가을의 이야기를 해줘야겠다. 그러면 네가 정신을 차리려나?

인정아, 몇 년 뒤에 너는 말이야. 놀라지 마. 너 학교에서 교사로 일하고 있어. 응? 기간제 교사하고 있냐고? 아니. 그럼 시간강사냐고? 아니. 아까 말했지. 놀라지 말라고. 2019년 신규교사로 임용되었어. 임용 고시를 쳐서 합격했어. 그래서 지금은 충남 서산에 ○○중학교 가정과 교사야. 놀랐지? 그래 놀랐을 거다. 동네에서 매일 허름한 검은색 잠바 입고 오래된 초록색 유모차에 민준이를 태우고 이리저리 다니던 너니까. 어떻게 합격 됐냐고? 시험을 봤다니까. 열심히 공부해서, 임용 시험 보고 합격했어. 그런데도 너 계속 유모차 끌고 다니면서 커피나

마시면서 놀이터에서 시간만 보낼 거니? 이렇게 네가 늘 꿈꾸던 멋진 미래가 있는데. 이렇게 멋진 미래가 펼쳐질 건데, 몇 년이라도 빨리 꿈을 이루고 싶지 않니? 그렇다면 지금 바로 공부 시작해. 지금은 당장 민준이가 어린이집도 못 가는 아기지만, 민준이가 잘 때 시간 나잖아. 그때 한국사 공부라도 해. 시간 있을 때, 인터넷으로 전공 강의라도 들어. 그럼 합격이 빨라질 거야. 하루라도 빨리 공부 시작해. 나중에 호봉이 낮다고 스스로 탓하지 말고.

 아니 그것보다 동네맘들과 함께하는 시간에서 얻은 게 하나라도 있니? 없을 거야. 지금이야 동네에서 언니니, 친구니 하면서 다니지만, 다 소용없어. 그 동네맘들은 거리가 멀어지면 그만이고, 네가 두어 번 연락 안 되면 끝나는 사이야. 그들과 매일 많은 시간을 함께 보내면서 건설적인 이야기를 한 적이 있니? 네 인생에서 도움 되는 이야기를 서로 나누어 본 적은 있니? 없지? 건설적인 일을 한 건 있니? 없지?

 특히 너는 2014년부터 2017년 초까지 거의 4년을 그렇게 비생산적으로 보내. 4년이면 대학교 신입생이 졸업도 하는 긴 기간이야. 그 긴 기간에 너는 동네맘들과 커피 마시면서, 의미도 없는 수다를 끝도 없이 해. 돈은 돈대로 쓰고, 시간은 시간대로 쓰고, 에너지는 에너지대로 쓰고. 그러면서 동네에서 자꾸 싸움은 나고 뒷말은 계속되고, 그런 속에서 너는 여기 붙었다 저기 붙었다 하고. 안 피곤하니? 그 시간에 차라리 잠이나 자. 아니면 민찬이랑 책이라도 읽든지. 그래도 참 다행인 건 네가 무슨 생각이 났는지, 2017년 봄에 정신을 차린다는 거야. 한국사 시험을 공부하면서 정신을 차리고 임용 공부를 본격적으로 시작해. 그리고 1년 6개월 만에 합격해. 대단하지? 상상이나 해 봤니? 네 인생이 이렇게 바뀔 거라고?

네가 동네맘들과 지내는 지금도 임용 시험에 완전히 미련 없는 건 아니라고 생각해. 네가 늘 말했잖아. "관뚜껑 닫힐 때까지 미련을 못 버릴 것 같아. 아! 나는 임용 시험에 합격 못했지. 아! 한이 된다."라고. 이게 진짜 네 속마음이야. 너 교사나 학교와 관련된 이야기가 나오면 자꾸 회피하지? 지금의 내가 다 속상하다. 회피하지 말고 임용 고시에 도전해. 일단 공부 시작해. 너는 분명 "민준이가 어려서 못 해요."라고 이야기하겠지. 아기가 백일인데도 공부해서 합격한 육아맘도 있어. 민준이가 아직 어리다면 본격적인 시험공부는 못 해도 슬슬 준비는 해.

아까도 말했지만, 인터넷으로 전공 강의도 듣고 전공서도 읽고 말이야. 인정아, 내가 제발 부탁할게. 시간을 아껴 써. 네 청춘이 그냥 흘러가고 있어. 돈으로도 살 수 없는 귀한 시간과 청춘이 너에게 상처만 줄 동네맘들과 함께 흘러가고 있어. 시간은 너를 위해 흘러가야 해.

  며칠 전 유튜브로 조남호 강사님의 강연을 봤어. 거기서 그러더라. 다른 사람들은 네가 잘되기를 바라지 않는다고. 자기와 같이 평범한 삶을 살기를 원한대. 그래서 누가 도전하려고 하면 옆에서 "그게 되겠어? 어렵다던데. 젊고 똑똑한 애들도 잘 안되는걸."이라고 하면서 도전 의식을 꺾는대. 왜냐면 그들은 네가 그들과 똑같이 살길 원하니까. 자기들처럼 평범한 인생을 살기 원하니까.

  그러면서 영화「매트릭스」이야기를 해줬어. 조남호 강사님은 매트릭스에서 의미하고 있는 '스미스' 요원의 의미를 설명했어. 이 '스미스' 요원은 다른 이들을 자기와 똑같은 '스미스' 요원으로 만들 수 있대. 그런데 영화의 주인공인 키아누 리브스만 다른 사람들에게 "여기는 가상 현실이에요."라고 말하고 다닌대. 이처럼 현실 세계에서도 스미스 요원들이 있어서 특별한 능력이 있는 사람들을 자기처럼 평범한 사람이 되도록 한단다. 어떨 때? 느끼는 게 있니? 최소한 '스미스'는 되지 말자.

인정아, 너는 충분히 특별한 삶을 살 자격이 있고, 그렇게 살 수 있어. 교사의 삶이 뭐가 그리 특별한 삶이냐고 하겠지만, 2016년의 너에겐 교사의 삶이 특별한 삶 아니니? 네가 공부를 시작하는 순간부터 너는 특별한 사람이야. 지금 내 주위에 동네맘 중에서 자기 인생을 진지하게 고민하고, 자기 성장을 위해서 노력하는 사람이 있니?

과거에 비해서 후에 너는 비약적으로 성장해. 그러니까 인정아, 제발 정신 차리고 시간 아끼자. 소중한 시간을 동네맘들에게 쓰지 말고 너에게 써. 내 충고대로 한다면 똑같은 하루하루가 반복되는 게 아니라, 하루하루 새롭고 기대되는 날들이 펼쳐질 거야.

"당신의 오늘 하루는 분명 어제 하루보다 나을 겁니다."

이건 종편에 시사 프로그램 박진 앵커의 마지막 멘트야. 인생이 끝났다고 생각하지 말고 네 삶에 관심을 가지고 자기 계발을 해. 알았지? 너의 삶이 바뀌면 남편과 아이들의 삶이 달라져. 오늘이 믿기지 않는 하루. 내일이 기대되는 하루. 그게 가능해. 어떻게 가능하냐고? 바로 공부한다면 충분히 가능한 일이야. 알았지? 그리고 힘내! 너는 분명히 더 행복해질 거야.

지금의 정인정이 과거의 정인정에게

추신: 제발 내 말 들어!

엄마의 직업란

나의 직업은 행정안전부 특수직 공무원인 중등교사이다. 충청남도 서산시 ○○중학교 가정과 교사이다. 이런 직함을 가진 것이 불과 몇 년 전이다. 몇 년 전만 해도 아이 학기 초 서류에 부모 직업란을 보면서 고민에 휩싸이던 사람이다. 물론 지금은 부모들의 직업에 관해서 묻는 경우는 거의 없다.

예전 어느 날 민찬이가 유치원에서 서류를 들고 왔다. 서류에는 아빠와 엄마의 직업란을 적는 칸이 있었다. 서류에 대부분을 적고도 항상 마지막까지 남는 엄마의 직업란. "여보, 이 칸을 어떻게 쓰지?", "뭐라고 쓰지? 그냥 비워둘까?"라며 고민을 이야기했다. 남편은 "그냥 무직이라고 써."라며 놀렸다. 고민 끝에 '주부'라고 적었다.

어! 직업란에 '주부'라고 적은 걸 어디서 봤는데 어디서 봤더라? 내가 중고등학교에 다니던 시절, 매년 학기 초 담임선생님이 적어 오라고 하던 서류가 있었다. 여기에 우리 엄마가 자신의 직업을 '주부'라고 적었다. 당시 특별한 경우를 제외하고 대부분 친구 어머니의 직업은 '주부'였다. 그때는 그게 당연하다고 생각했다. 그러나 내가 막상 직업을 '주부'라고 적으니, 마음이 복잡하고 심란했다. 차라리 전직 기간제 교사라고 적어야 하나? 나도 모르게 한숨이 나왔다.

그러나 2019년 3월 1일 이후부터는 엄마의 직업란을 가지고 더 고민하지 않는다. 오히려 교사가 된 지금은 엄마의 직업란을 일부러 비워두기도 한다. 똑같이 비워두더라도 예전과 지금의 상황은 다르다. 예전에는 나도 모르게 움츠러들며 그 칸을 비워뒀지만, 지금은 비워둬도 당당하다. 직업란에 '교사'라고 쓰지 않아도 나는 교사다. 그럼 된 것이다.

　요즘도 나는 아이에게 가끔 "엄마가 뭐 하는 사람이지?"라고 묻는다. 그럼 우리 민준이는 빙그레 웃으며 "누나들 가르치는 사람이요. 음, 또 작가님이요."라고 대답한다. 내가 민준이에게 엄마의 직업을 가끔 물어보는 이유는, 아이가 엄마의 직업을 모를 것 같아서 묻는 것은 아니다. 내가 아이의 대답을 들으면서 '아! 나는 교사야. 직업이 있어. 힘든 일이 있어도 과거의 나보단 낫잖아. 삶에 만족하고 행복하게 지내자.'라며 각성을 하기 위해서다.

　요리연구가 빅마마 이혜정 선생님은 40살까지 직업이 없었다. 내가 몇 년 전 그랬던 것처럼 직업이 '전업주부'셨다. 그러던 중 자신의 재능을 발견하고 뒤늦게 '요리연구가'가 되셨다. 이혜정 선생님은 직업을 갖고 '여편네'에서 '혜정 씨'가 되셨다. 직업을 갖게 되니 자신의 이름을 찾게 되었단다. 이혜정 선생님의 말씀처럼 직업을 갖는다는 건 단순히 돈을 버는 걸 넘어서서 '소중한 나'를 찾는 것이다.

나는 장점이 많은
아줌마 고시생입니다

임용 공부를 함에 있어서 아줌마가 10살이나 어린 20대 임용 고시생보다 불리한 이유는 말하지 않아도 다들 안다. 일단, 아줌마는 20대 임용고시생보다 체력, 시간, 암기력 등이 불리하다. 하지만 아줌마라 유리한 점도 있다. 여기에서는 임용 공부에서 아줌마가 20대 임용고시생보다 더 유리한 점을 이야기하고자 한다. 막상 임용 고시를 준비하고 합격하고 보니 아줌마도 유리한 점이 많더라.

1. 절박함

20대에 임용 고시를 공부할 때는 오늘 공부가 안되면 내일로 미루면 된다고 생각했다. 그러나 육아맘이 임용 고시를 공부하면 오늘 공부가 안된다고 내일로 공부를 미룰 수 없다. 육아맘은 공부 시간이 턱없이 부족해서 공부가 안된다고 공부를 안 할 수 없다. 가족들이 나의 공부로 이 순간에도 희생하고 있다. 단지 공부가 안된다고 공부를 내일로 미룰 수도 없다. 남편과 아이를 생각해서라도 공부하고 또 공부할 수밖에 없다.

2. 경제력

경제력은 각자의 사정에 따라 다르겠지만, 내 경우는 결혼 후가 결혼 전보다 경제적으로 조금은 더 풍족해졌다. 나이가 있어서 경제적으로 안정된 상태에서 공부할 수 있었다. 아이에게 들어가는 한 달 교육비의 절반만 임용 고시에 썼지만, 임용 공부를 하는 데 부족하지 않았다. 지금 계산해보니 1년 동안 임용 공부한다고 들어간 총비용이 당시 유치원을 다니는 민찬이의 한 달 치 유치원비와 학원비를 다 합친 비용보다 적었다.

3. 유혹에 빠질 여유가 없음

20대에 공부할 때는 연애를 한다고 정신적인 감정 소모를 꽤 했었다(그때 연애했던 남자친구가 지금 우리 남편이다). 그 당시 연애가 대체로 좋았지만 그렇다고 늘 좋기만 한 건 아니었다. 간혹 싸우기도 하고 연락이 뜸하면 안절부절못하기도 했다. '왜 연락이 안 되지? 우리 사랑이 식었나?'라는 생각 등의 이유로 공부에만 오롯이 쏟아야 하는 에너지를 연애에 쓰는 어이없는 일도 했었다. 그런데 결혼하고 공부하니 연애하느라 쓰는 에너지를 쓸 필요가 없어졌다. 혹시 남편과 사소하게 싸우더라도 어차피 헤어질 것은 아니니 스트레스도 덜했다(싸우더라도 어차피 결국 집에는 들어온다).

임용고시생은 각종 유혹에 빠져서 공부를 등한시하기도 한다. 그러나 아줌마는 유혹에 빠질 시간과 체력이 없다. 육아에, 살림에, 공부에, 각종 가족 행사 등을 챙기면 유혹에 빠질 여력이 없다. 게임, 드라마는커녕 잠자기도 바쁘다. 유혹에 빠질 여유가 없다는 점은 임용 공부에 엄청난 이점이다.

4. 약간의 뻔뻔함

20대에 공부할 때는 누구에게 아쉬운 소리를 하질 않았다. 심지어 주변에 합격한 친구들이 여럿 있었음에도 자존심 때문에 합격 비결을 묻지도 않았다. 그러나 아줌마가 되고 다시 공부를 시작할 때는 그런 자존심 따위는 없었다. 임용 카페에서 우연히 만난 합격한 선배 선생님에게 어떻게 공부하는지 물어보고, 자료도 있으면 달라고 사정했다. 그만큼 절박하기도 했고, 아줌마가 되니 무서운 것도, 창피한 것도 없었다. 나의 절박한 사정을 듣고 대부분의 합격 선배 선생님들은 기꺼이 도움을 주었다. 서로 얼굴도 모르지만, 합격 선배 선생님들은 아이를 키우면서 공부하는 나를 보고 임용 공부 할 때 자신도 힘들었다며 자료를 주는 등 많이 도와주었다. 아줌마들은 약간의 뻔뻔함을 공부에 활용할 수 있다. 좀 뻔뻔하면 어떤가? 합격하면 우리 아이들이 더 행복해질 텐데.

5. 스트레스 해소

미혼일 때는 공부를 하면 스트레스가 많이 쌓였다. 임용 고시가 세상 제일 큰일이었기 때문이다. 아줌마가 되고 나서 다시 공부하니 공부는 스트레스가 아니라 힐링이었다. 또한, 공부 스트레스를 받더라도 아이들과 함께하다 보면 스트레스가 저절로 풀렸다. 공부한다고 몸과 마음이 피곤한 날에도 아이의 미소와 재롱을 보면 다시 힘이 솟아났다. 이건 엄마라면 모두 공감할 것이다. 그만큼 아이는 엄마에게 큰 힘이 되는 존재다.

처음에는 나보다 10살이나 넘게 어린 임용고시생들과 경쟁한다는 것이 부담도 되었고 자신감도 없었다. 자꾸 숨고만 싶었다. 내가 공부하는 걸 누군가 아는 것도 싫었다. 그런데 공부하다 보니 엄마가 못 할 일은 없었다. 스터디에서 10살 넘게 어린 후배에게 수업을 못한다고 피드백 받으면 어떤가? 합격만 하면 내 인생과 우리 아이 인생이 달라지는데. 그 정도는 백번도 견

딜 수 있다. 우리 아이에게 '교사 엄마'를 선물하기 위해서 이까 짓 임용 공부를 못 하겠는가? 할 수 있다. 그리고 해야 한다. 20 대 젊은 임용고시생들보다 아줌마가 불리한 것이 분명 많지만, 단언컨대 아줌마가 유리한 점도 많다. 이 유리한 점을 잘 활용 하면 합격할 수 있다. 우리도 할 수 있다.

알고 있는가?
불합격도 남는 장사라는 것을

　나의 부모님은 내가 어릴 때부터 장사를 했다. 자연스레 우리 자매는 부모님이 장사하는 가게에서 자주 시간을 보냈다. 장사 하는 모습을 보고 있노라면 손님은 흥정했고, 엄마는 늘 "남는 게 없어예~. 이거 팔아서 남는 게 뭐가 있겠으예."라고 했다. 흥정에 실패한 손님이 가고, 엄마에게 물었다. "엄마 진짜 남는 게 없어? 그러면 뭐 하러 물건을 팔아?" 엄마는 이렇게 말했다. "남는 건 좀 있지. 남는 게 없을 리가 없지. 장사하면서 남는 게 없으면 뭐 하러 장사하겠노?" 역시 장사꾼 말은 믿을 게 못 된다. 장사꾼의 남는 게 없다는 말이 거짓말이듯이 공부해서 남는 게 없다는 것도 거짓말이다. 우리 엄마의 말처럼 장사든, 공부든 남는 게 없을 리가 없다.

만약 임용고시에 합격하지 않았더라면, 나는 지금쯤 어떻게 지내고 있을까? 상상하기는 싫지만, 합격하지 못했더라도 최소한 동네맘들과 카페에서 커피 마시며 허송세월하지는 않았을 거다. 왜냐하면, 나는 공부를 하는 과정에서 성장했고 자존감을 다시 찾게 되었기 때문이다. 가만히 생각해보면 지금의 나는 꼭 합격만으로 이루어진 것이 아니다. 합격을 위해 노력했던 과정 역시 지금의 내 모습을 만드는 데 큰 몫을 했다. 불합격했더라도 나는 남는 장사를 했을 것이다. 역시 나는 장사꾼 딸이다.

불합격이어도 남는 장사인 이유는 다음과 같다.

1. 자기 관리 및 공부 전략

임용 공부를 하면서 자기 관리하는 방법과 공부 전략을 깨우쳤다. 올해 당장 우리 민찬이가 수능을 보거나 고시 공부를 하더라도 도와줄 수 있다. 수험생의 정신력 관리, 건강관리, 시간

관리 등도 임용 공부하면서 자연스럽게 체득했고, 효율적인 공부 전략도 깨우쳤기 때문이다. 지금 당장 임용 시험과 비슷한 시험을 친다고 해도 자신이 있다. 이것만으로도 나는 남는 장사를 했다고 자부한다.

2. 자기 계발 의지

전업주부 시절, 오전에는 동네맘들과 커피 타임을 갖고 오후에는 놀이터를 배회했다. 그러던 내가 이제는 내 인생에 대해서도 고민하고 자기 계발의 필요성도 안다. 그러므로 만약 불합격했더라도, 끊임없이 나를 위해서 새로운 시도와 도전을 계속했을 것이다. 그 자리에 머무는 삶이 아닌 앞으로 나아가는 삶을 추구했을 것이다.

3. 전공과 교육학 지식

임용 공부하면서 전공서만 수십 권, 교육학책도 여러 권 정독하면서 공부했다. 그러면서 내 머릿속은 전공지식과 교육학지식으로 가득 채워졌다. 물론 학부 때나 20대 때도 임용 공부는 했었지만, 그때보다 지금 지식이 훨씬 질적으로 우수하고 양적으로 풍부하다. 공부가 시험에 합격하기 위한 수단이었지만,

그 과정에서 자연스럽게 지적 수준도 올라갔다. 만약 전업주부로 만족했더라면 공부도 안 했을 것이고, 지금의 지적 수준도 없었을 것이다.

4. 아이에게 보여 준 공부하는 엄마의 모습

아이에게 공부를 시키는 가장 좋은 방법은 부모가 아이와 함께 공부하는 것이다. 예전에 도서관에서 박혜란 선생님의 특강을 들은 적이 있다. 박혜란 선생님은 아들 셋을 모두 서울대에 보낸 것으로 유명하시지만, 본인 또한 아이 셋을 키우면서 경력단절을 극복하고 공부하셨다고 한다. 지금은 여성학자로서 삶을 살고 계신다. 박혜란 선생님은 "아이가 공부 못하는 거로 속상해하지 마세요. 아이가 공부를 못하는 것이지 내가 공부를 못하는 것이 아니에요."라고 강조하셨다. 아이를 억지로 공부시킬 필요도 없고 속상해할 필요도 없다고 하셨다. 박혜란 선생님은 아이들을 초등학교 때까지 마음껏 놀게 했다고 하셨다. 정말 재미있게 놀도록 했다는 것이다.

그렇게 했는데도 아이들이 공부를 잘하는 이유는 엄마가 끊임없이 공부했기 때문이라고 하셨다. 엄마가 공부하면 아이들이 엄마 옆에 있고 싶어서 한 명, 두 명 공부할 것을 들고 왔다고 하셨다. 그렇게 잔소리 하나 없이 아이들은 자연스럽게 공부를 했단다. 당시에는 '가능한 일인가?'라고 생각했지만, 우리 집에서도 내가 책을 펴면 신기하게도 아이들이 자기 책을 들고 와 내 옆에서 책을 읽는다.

특히 민찬이는 엄마가 공부한 시간을 기억한다. 전공 서적을 식탁 위에 가득 쌓아두고 공부하는 엄마. 민찬이는 다른 친구들은 보지 못한 엄마가 치열하게 공부하는 모습을 봤다. 엄마가 뒤늦게 교사가 되는 공부를 했고, 시험을 쳐서 하루아침에 교사가 되었다. 민찬이는 그런 엄마를 보며 공부가 꿈을 이루어주고 삶을 바꾸는 계기가 되기도 한다는 걸 누구보다도 잘 알게 되었다. 그것만으로도 우리 아이들은 충분히 많은 것을 얻었다.

나는 장사꾼 딸이 맞다. 남지도 않는 장사는 하지 않는다. 그리고 남지도 않는 공부를 하지 않았다. 어떤 이는 "고시 공부하다가 불합격하면 어쩌죠?"라고 미리 걱정부터 한다. 안타깝지만 불합격을 할 수도 있다. 그러나 실패한 건 아니다. 동네맘들과 의미 없는 시간을 보내는 대신에 자기 계발을 위해서 시간

을 보냈다면 일단은 남는 장사를 한 거다. 밑져야 본전이라는
생각으로 도전하자.

지금 아는 걸
그때 알았더라면

애석하게도 나는 동네맘들과의 시간에서 얻은 것이 없다. 지
금 생각해도 후회되는 시간이다. 동네맘들과 잘 지내왔다면 이
런 생각이 안 들지도 모른다. 동네맘들과 함께한 4년 동안 생산
적인 일을 한 기억이 거의 없다. 오히려 마음의 상처만 남았다.
어떻게 보면 운명은 나를 임용 고시에 합격시키려고 동네맘들
과 나를 갈라놓았는지도 모른다. 지금도 맘카페에 가면 동네맘
과의 관계를 하소연하는 글을 쉽게 볼 수 있다. 그 글들은 동네
맘과의 관계가 부질없다는 나의 판단이 맞다는 것을 다시 한번
확인하게 해준다. 심지어 이런 우스갯소리도 있다.

[인간관계 난이도 최상: 아이 친구 엄마와 관계 맺는 법]

1. 사돈이라 생각하자.

2. 무리하지 말자.

3. 험담하지 말자.

4. 기대하지 말자.

5. 죄책감 느끼지 말자.

6. 시작을 안 하는 것도 방법이다.

동네맘과 보내는 시간이 비생산적이고 의미 없는 시간이라고 생각하는 이유는 다음과 같다.

1. 트러블이 많이 발생한다

보통 첫째 아이를 어린이집이나 유치원에 보내면서부터 엄마들끼리 모인다. 이때 한 엄마가 자신들의 기준에 맞지 않은 동네맘이라면, 나머지 동네맘들은 절대 그 엄마를 엄마들 무리에 끼워주지 않는다. 그 기준은 여러 가지다. "너무 어려 보인다.", "인사를 해도 잘 안 받아준다.", "그 집 애가 별로더라.", "우리 아파트에 안 산다.", "그 엄마는 일하는 엄마다.", "그 엄마는 표정이 어둡다." 등 별의별 이유로 소외시킨다.

무리에 자연스럽게 진입해도 곧 문제는 생긴다. 원래 여자는 셋 이상 모이면 안 된다는 말이 있다. 모임에 중심인 엄마와 더 친한 것이 엄마들의 자부심이라서 중심인 엄마를 사이에 두고 누가 더 친한가로 은근히 경쟁하고 그 사이에서 트러블도 생긴다.

2. 남 걱정을 많이 한다

말이 많을 수밖에 없는 구조다. 아이를 유치원이나 학교에 보내고 나면 딱히 할 일이 없다. 그냥 헤어지기는 아쉽다. 누가 먼저 "우리 커피 마시러 가자. 누구네로 몇 시까지 와."라고 하면 다들 기다렸다는 듯이 누구네로 서둘러서 모인다. 말이 커피를 마시는 것이지, 커피보다는 수다를 하려고 가는 것이다. 수다를 하려고 모였으니 당연히 말이 많을 수밖에 없다. 이때 말수가 적으면, 적다고 또 말이 나온다. 지금 생각해보니 참 눈치도 많이 보고 살았다.

한편 자기 남편이나 시어머니 험담을 하는 동네맘은 순진하고 착하다. 보통은 그렇게 모인 자리에서 곧 그 자리에 없는, 혹은 그 자리에 안 부른 동네맘 걱정을 하기 시작한다(일단 걱정이라고 해두자). "그 엄마, 저번에 보니 그러더라~."로 시작하는 걱정. 자칫 걱정하는 것처럼 보이지만 그 엄마와 놀지 말라는 시그널이다. 그러면 그 엄마를 잘 모르는 사람들도 그 엄마에 대해 색안경을 끼고 멀리한다. 그렇게 해야 이 모임이 잘 유지되고 오래 간다. 공격의 대상이 있는 경우 그 무리는 더 잘 뭉친다. 외부의 적을 만들어서 내부의 결속을 다지는 것이다. 그 적은 어느 순간 내가 될 수도 있다.

3. 동네맘들과 생산적인 일을 한 적이 거의 없다

오전에는 동네맘들과 커피 타임을 갖고 가끔 점심을 함께 먹고 쇼핑을 한다. 언니, 동생 하면서 아이들 내복도 같이 사고 저녁을 대신할 수 있는 군것질거리도 같이 산다. 이렇게 보내는 일상이 좋다고 할 수도 있다. 나 또한 그 시간이 좋았던 적도 있다. '나도 타지에서 아는 언니, 친구, 동생들이 있어. 나는 괜찮은 사람이야.'라고 생각했다. 그러나 이리저리 뭉치면서 싸우고 이간질하고 헤어지고 뭉치고를 반복하는 동네맘의 삶. 돌이켜 보니 나는 4년 넘는 동안 동네맘들과 딱히 생산적인 일을 한 적이 거의 없다.

나는 지금도 후회한다. 그들과 친해졌다고 즐거워하면서 커피 마시러 가기 전에, 차라리 처음부터 그들에게 외면당했으면 좋을 뻔했다. 외면당했으면 스스로 해야 할 일을 찾았겠지. 그러면 최소한 책이라도 한 권 읽었겠지. 그래도 다행인 건 결국 정신 차리고 임용 공부를 다시 한 것이다. 만약 그때 정신 안 차리고 '그래, 내 인생은 끝났어. 이렇게 살다가 죽겠지.'라고 계속 생각했으면 어땠을까? 지금도 동네맘들 사이에 어떻게든 끼어보려고 아등바등했을 것이다.

제발 부탁이다. 동네맘들을 버려야 우리 가족이 산다. 동네맘들과의 수다가 우리 가족의 미래보다 중요하다면 그렇게 해라. 동네맘들과의 관계가 나의 성장보다 중요하다면 계속 그렇게 해라. 나는 동네맘들을 버렸더니, 아니 동네맘들에게 버림을 당했더니 임용 고시에 합격했다. 교사가 되고, 우리 가족은 안정된 미래를 얻었다. 지금 아는 걸 그때 알았더라면.

동네맘에게 받은 상처는
끝내 아물지 않았다

「응답하라 1988」이라는 드라마가 몇 년 전 인기리에 방영되었다. 「응답하라 1988」은 1988년 서울 도봉구 쌍문동 봉황당 골목을 배경으로 가족 이야기가 그려진 드라마이다. 이 드라마에는 유난히 골목에서 잘 지내는 엄마들의 모습이 자주 등장한다. 앞집, 옆집, 뒷집 너나없이 나누고 살았던 골목 이웃들 말이다.

그러나 2000년대 이후 이웃 문화는 다른 모습으로 바뀌었다. 아파트에 거주하는 사람들이 많아지면서 골목에 모여서 이웃 간의 정을 나누는 모습은 거의 사라졌다. 어느새 그 모습은 아파트 단지 내에서 아이를 같은 어린이집이나 유치원에 보내는 동네맘 모임으로 바뀌었다. 한때는 나도 이 모임에 끼어있었다. 아이를 등원시키고 커피를 마시고, 놀이터에서 이야기를 나누는 아파트 동네맘 모임. 이 모임에서 놀 때는 참 좋았다. 친구 하나 없는 타지에서 함께 이야기를 나눌 사람이 생겼다는 것만으로도 참 좋았다.

그런데 결국 이 모임이 나를 한동안 힘들게 했고, 마음의 상처도 입혔다. 모임에서 상처입는 일은 나만 경험한 일이 아니다. 지금도 맘들이 자주 가는 온라인 카페에는 "동네맘 때문에 힘들어요.", "동네에서 누구랑 싸웠어요.", "나를 잘 안 끼워줘요."와 같은 동네맘 모임과 관련된 하소연 글이 자주 올라온다. 그 글에 달리는 댓글들 대부분은 "부질없는 모임이다.", "동네맘을 끊어내니 삶이 달라졌어요.", "그 모임 어차피 깨지게 되어있어요."처럼 부정적인 내용이다. 나 또한 댓글을 단다면 이렇게 조언해주고 싶다. "동네맘 모임. 부질없는 모임이에요. 시간 낭비, 돈 낭비, 감정 낭비하는 곳이에요. 차라리 그 시간, 소중한 나와 가족을 위해서 쓰세요."라고.

무슨 영화처럼 2018년 12월로 돌아가 보기로 하자. 그날은 유독 춥지만, 햇살이 좋은 날이었다. 신세계 영화의 대사처럼 '손절 하기 딱 좋은 날씨'였다. 그날은 동네맘들과 일찍부터 등원 버스를 기다리고 있었다. 민찬이와 같은 유치원에 다니는 아이들만 해도 10명은 넘었기에 보통의 날처럼 주위가 북적거렸다. 그렇게 줄을 서고 있는데, 동네 아이 현수가 자기 엄마를 보고 "엄마! 오늘 엄마가 데리러 와? 그럼 희민이도 연수도?"라고 물었다. 그러자 현수 엄마는 "응. 데리러 갈 거니까 기다리고 있어."라고 말했다. 현수는 그 말이 끝나기가 무섭게 우리 민찬이를 보고 "민찬아, 너도 오늘 가?"라고 물었다. 현수 엄마는 무언가 숨기는 듯 황급히 현수의 입을 막았다. 뭔가 있구나 싶은 마음에 나는 "언니, 현수 어디 가요?"라고 물었는데 돌아오는 대답이 어딘가 이상했다. "응? 어딜… 좀 가려고." 뭔가 느낌이 싸했다. 이렇게까지 내가 이야기했는데, 혹시 나를 제외한 동네 맘들이 뭔가 일을 꾸몄을까. 혹시 꾸몄더라도 나중에라도 알려주겠지 싶었다. 그러나 그건 오로지 나만의 생각이었다. 그들은 딱 거기까지, 그 정도였다. 자기네들의 친목 모임에 나를 끼워줄 생각은 애초에 없었다(그 일이 있기 전, 임용 공부한다고 딱 2번 커피 모임에 못 나갔다. 정확히 딱 2번). 혼자서 하원 버스에서 내리며 뜻 모를 허전함을 느꼈을, 4년을 알고 지낸 이웃 아이의 마음 따위는 그들에게 전혀 중요하지 않았다.

  하루가 어떻게 갔는지. 수시로 카톡을 확인했지만 아무 연락이 없었다. '그래, 별일 없을 거야. 설마!' 하며 떨리는 마음으로 아이 하원 버스를 기다렸다. 그런데 단지 내 등·하원 버스정류장에는 아무도 없었다. 그때도 설마 했다. 얼마 후, 설마가 사람 잡는다고. 우리 민찬이만 덩그러니 버스에서 혼자 내렸다.

순간적으로 창피한 마음이 들어 주저앉고 싶었다. 민찬이는 내리면서 해맑게 "엄마, 현수랑 친구들 오늘 눈썰매장 간대요. 나도 가고 싶었어요."라고 했다. 그 말을 듣고 정말 주저앉을 뻔했다. '하~, 이게 무슨 일이야?' 설마 했는데 역시였다. 그런 해맑은 민찬이를 보고 있자니 마음 언저리가 아렸다.

아침에 본인 아이가 말실수를 했음에도, 매몰차게 자기들끼리 놀러 갔다니…. 참을 수가 없었다. 모른 척할까 하다가, 모른 척하면 동네맘들이 더 마음 편하게 지낼 거라는 생각이 들었다. 그래서 단톡방에 "다들 어디 갔어? 우리 민찬이가 다들 좋은 데 갔다고 하던데."라고 모르는 척 카톡을 남겼다. 읽었다는 표시는 분명히 떴다. 반응이 없었다. 얼마의 시간이 지난 후 어느 동네맘으로부터 답장이 왔다. "응~ 어디 왔어. ㅠㅠ." '네가 뭔데 우는 소리야? 눈썰매장에서 슬픈 일이 있었나 보지? 나를 따돌린 것도 모자라 우리 아이까지 따돌려서 하원 버스에 혼자만 내리게 하다니. 그러고도 엄마니? 입장 바꿔서 너희들 자식이 그런 취급당해도 가만히 있을 거니?'

분이 풀리지 않았다. 4년간 언니, 동생 하면서 매일 서로 안부를 묻고 챙겨주던 사이가 이 정도였나? 배신감에 치를 떨었다. 남편에게도 창피한 마음이 들어서 고민하다가 어렵게 말을 꺼냈다. 남편은 절대 내색하지 말고 싸우지도 말라고 했다. 하지만 그냥 넘어갈 수 없었다. 내 자식을 건드렸으니까.

그날 밤 카톡을 기다렸다. "어머! 미안, 내가 말했어야 했는데."라는 변명이라도 하길 바랐다. 그러나 아무런 변명도 없이, 오히려 보란 듯이 눈썰매장 사진을 카톡 프로필 사진에 서로 앞다투어 올렸다. 쓴웃음이 나왔다. 분한 마음에 잠도 잘 오지 않았다. 그렇게 나는 날밤을 새우고, 다음 날 등원 버스에 민찬이를 보내며 동네맘들에게 눈길 하나 주지 않고 집으로 와버렸다. 그렇게 시간이 흐르고 그쪽에서 먼저 연락이 왔다. 커피 마시러 오란다. '최소한 죄책감이라도 덜고 싶나?'라는 생각이 들어 단호하게 싫다고 했다. 그러나 그들은 계속 커피 마시러 놀러 오라고 했다. 병원 진료를 받아야 한다고 핑계를 댔다. 그런데 그렇게 거절 의사를 말했음에도 끈질기게 보자고 했다. 오늘이 안되면 내일이라도 보자고 했다. 어찌 됐건 만나서 정리할 시간이 필요하다는 생각이 들었다. 그래 까짓것 보자.

내색은 안 했지만 내 눈빛은 싸늘했다. 싸늘한 눈빛으로 의미도 없는 대화들을 나누었다. 물론 눈썰매장 이야기는 서로 언급도 안 했다. '그래 딱 여기까지야. 너희들 수준 알겠어.'라며 마음에서 동네맘들을 하나, 둘 정리했다. 민찬이 입학을 앞두고 있어서 다툼으로 번지지 않도록 애써 참았다. 그 후 지나가다 마주칠 때면 형식적인 인사 수준만 서로 나눴다.

  자의 반 타의 반으로 동네맘들을 완전하게 끊어냈다. 끊고 나서 공부에 더 몰입했고 결국 임용 고시에 합격했다. 나는 합격을 통해 동네맘들에게 복수했다. 누군가 그랬다. 최고의 복수는 내가 성공하는 거라고. 물론, 나의 복수는 끝나지 않았다. 평생 계속될 것이다. 그들에게 할 수 있는 최고의 복수는 나의 끊임없는 성장이니까. 끝날 때까지 끝난 게 아니다.

동네맘들과의 소속감, 벗어나니 별거 아니더라

  나는 아파트 단지에서 흔히 볼 수 있는 동네맘이었다. 아침이면 아이를 등원시키고, 유모차를 끌고 동네맘과 커피타임을 가지는 전형적인 동네맘이었다. 이런 동네맘의 생활은 즐겁고 만족스러웠다. 아침마다 친한 동네맘과 언니, 동생 하면서 커피 마시고 이야기를 끝도 없이 하는 시간이 재밌었다. 모임에 소속되어 있다는 것이 행복했고, 나와 비슷한 처지에 있는 이들과 함께하며 때때로 위로를 얻곤 했다.

그러나 아는 사람은 알겠지만, 이런 평화는 오래 가지 않는다. 여기에서도 끼리끼리 모인다. 그러다가 나만 빼고 놀러 가는 것 등 소외감을 느끼면 싸움도 한다. 그런데도 대부분의 동네맘은 모임에서 소외될까 봐 전전긍긍한다. 동네맘 모임에서도 소외되면 나는 어디에도 소속이 없는 상태다. 나 또한 그렇게 전전긍긍하면서 모임에 꼭 소속되려고 했다. 두어 번 모임에 빠졌다고 금방 나를 잊는 이들에게 나는 그렇게 전전긍긍하면서 마음을 다 줬었다.

눈썰매장 사건으로 동네맘들의 실체를 철저하게 알게 되었다. 그 후로 동네맘들과 거리를 두기 시작했다. 합격 후 육아휴직 중 여유로운 기간에 다시 동네맘 모임에 낄 수도 있었다. 그러나 그렇게 하지 않았다. 이제는 나의 소중한 시간을 동네맘들에게 쓰고 싶지 않았다. 그 대신 나를 발견하고 성장하는 시간을 가졌다. 육아휴직 기간에도 틈틈이 프랑스 자수, 제과제빵, 캘리그라피도 배웠다. 최소한 공부하고 배운 건 인생에 도움은 된다. 그때 배운 것을 현재 학교 현장에서 학생들에게 활용하고 있다.

　동네맘과 함께하면 당시에는 재미도 있고 나름대로 위로도 받는다. 그러나 때론 이들과의 생활을 다른 시각에서 바라볼 필요도 있다. 나에게 남는 것은 무엇인지. 내가 그들에게 뭔가 배운 점이 있는지, 그로 인해 내가 성장하고 있는지. 아마 대부분은 이 물음에 부정적으로 대답을 할 것이다. 차라리 그 시간에 쉬기라도 한다면 체력 보충이라도 한다. 그 소중한 시간에 동네맘에게 에너지를 사용하면, 그만큼 사랑하는 우리 가족에게 사용할 에너지는 줄어든다. 나도 그랬다. 오전에는 동네맘과 커피타임을 가졌고, 오후에는 놀이터에서 수다 타임을 가졌다. 그러면 아이 하원 후에 아이에게 쓸 에너지는 거의 없다. 집에 와서도 피곤해서 아이에게 짜증을 내는 경우도 있었다.
　시간이 얼마나 소중한지, 나의 청춘이 얼마나 소중한지 생각해보면 좋겠다. 시간보다 중요한 자원은 없다. 가정 교과서에도 '시간'과 관련된 단원이 따로 있을 정도이다. 그만큼 시간이라는 자원은 중요하다. 시간을 어떻게 쓰는지에 따라서 나와 우리 가족의 인생은 바뀐다. 나는 임용 공부를 통해서 내 인생을 바꾸었다. 전업주부에서 신규교사가 되었고, 경력 단절 여성에서 특정직 공무원이 되었다. 만약 동네맘으로 계속 지냈다면, 나의 삶은 어떻게 되었을까? 여전히 전업주부이자 경력 단절 여성으로 '이번 생애는 틀렸나 보다. 이렇게 살다가 죽나 보다. 다들 이렇게 살겠지.'라며 스스로 위로하면서 살았을 것이다. 어쩌면 아이들을 다 키우고 난 뒤 재취업을 하고 싶어서 이리저리 궁리를 할 수도 있다.

그러나 그때는 분명히 지금보다 늦다. 지금이 가장 빠른 날이다. 그러니 제발 나의 소중한 하루를 동네맘에게 쓰지 말고 자신에게 써라. 나만의 하루를 써라. 하고 싶은 것, 할 수 있는 것을 찾아라. 자격증 공부를 해도 좋고, 취미생활을 해도 좋고, 아이들 교육에 몰입해도 좋다.

동네맘과 수다 타임만은 가지지 마라. 수다 타임을 가지더라도 독서 모임이든, 공부 모임이든 목적 있는 모임을 하길 바란다. 동네맘과 이별이 힘들면 동네맘과 의미 없는 '수다 타임' 대신에 '스터디'를 하면 좋겠다. 영어든, 독서든, 운동이든 말이다. 이때 중요한 것은 주목적은 친목이 아니라 공부나 자기 계발이어야 한다. 그렇게 한다면 최소한 버려지는 시간에 대해서 나중에 후회는 없을 것이다.

　동네맘으로 사는 동안에 내가 이룬 일을 말하라고 하면 나는 할 말이 없다. 둘째를 낳은 것과 그나마 뜨개에 취미가 있어서, 그 기간에 '대바늘 인형 강사 자격증'을 딴 것이 전부다. 너무 후회스럽다. 책이라도 한 권 읽었으면 이리 후회가 되지는 않을 것이다. 물론 여기에 반론을 제기하는 사람도 있을 것이다. 동네맘과 있으면 마음이 편안해지고 함께하면서 여러 가지 정보들을 얻는다고.

　그러나 이런 것들이 나의 인생을 바꾸고 가족의 인생을 바꾸는 것보다 소중한가? 임용 공부 이후에 내 인생도 바뀌었고, 우리 아이들의 인생도 바뀌었다. 나만 바뀌는 미라클이 아니라 우리 가족이 바뀌는 미라클을 이 글을 읽고 있는 독자들도 경험하면 좋겠다. 의견이 분분하겠지만, 나는 동네맘을 버리고 나를 찾았고 우리 가족의 인생을 바꾸었다.

나의 성공을 의심하는 사람들에게

인생에서 가장 멋진 일은 사람들이 당신이 해내지 못할 거라 장담한 일을 해내는 것이다. - 월터 배젓-

처음 임용 고시를 다시 봐야겠다고 말했을 때 사람들의 반응은 두 가지였다. 비웃거나 말리거나. 그러나 나는 나이 30대 후반에 아이 둘을 육아하면서 임용 고시에 합격했다. 비웃거나 말렸던 사람들에게 보기 좋게 복수를 한 것이다. 설마 될까? 하던 일을 정말 해버렸다.

1. 남편

2017년 5월 어느 날 남편에게 전화를 걸었다.

"여보, 올 때 한국사 자격증 책 좀 사 와."

"뭐? 그건 왜? 시험 보게? 기간제 교사하려고?"

"아니, 그냥 한 번 시험 쳐보려고. 그냥 시간만 보내는 게 아까워서. 혹시 몰라서 미리 자격증 따려고."

그러자 남편은 알겠다며 전화를 끊었다. 그리고 나서 삼십여

분 뒤 남편에게 다시 전화가 왔다.

"인정아! 한국사 책이 비싼데. 이만 원도 넘는데. 진짜 볼 거야? 이 시험 어려워. 그런데 응시료는 얼마야?"

"이만 원."

"뭐? 이만 원? 야! 비싸네. 돈만 버리는 거 아냐?"

남편에게 진짜 시험 볼 거고 그깟 시험 꼭 합격할 거라고 큰소리를 쳤다. 그러니 어서 사 오라고 하고선 전화를 끊어버렸다.

남편은 한국사 책을 사 왔지만, 내가 책만 사고 안 볼 거로 생각했단다. 당시 민찬이가 예비 초등이었고, 민준이가 24개월 갓 지났을 때였다. 특히 민준이는 가정 보육 중이고 떼쟁이였다. 그런 아이들이 있는데, 한국사 공부라니. 남편의 의심이 한편으론 이해가 된다.

그러나 나는 남편의 의심에도 불구하고 한국사를 참 재미있게 공부했다. 얼마 후에 한국사 시험에서 우수한 성적을 거뒀다. 시험 점수를 보고 남편의 생각은 바뀌었다. 그래서 내가 다시 임용 시험을 봐야겠다고 했을 때도 적극적으로 동의해줬다. 남편에게 후에 들은 이야기지만 내가 한국사 시험을 2주만 공부하고 98점을 받자 속으로 놀랐다고 했다. '어 우습게 봤는데 아니네. 그래, 인정이가 원래 공부는 좀 했지.'라고 생각했단다. 그래, 내가 공부는 좀 했다. 그 이후 임용 고시에 최종 합격했고, 요즘 남편은 이 집안에서 가장 공부 잘하는 사람으로 나를 치켜세운다.

2. 어린이집 원장님

주변 그 누구에게도 내가 임용 공부를 한다는 사실을 알리지 않았다. 그러나 둘째 아이가 다니고 있는 어린이집에는 사실대로 말해야 했다. 혹시 내가 공부하다가 늦게 하원 시킬 수도 있으니 이해해달라고 부탁해야 했기 때문이다. 원장님께 임용 고시 공부를 하고 있다고 어렵게 말을 꺼냈다. 원장님은 "민준이 엄마, 그 시험 엄청 어려운 시험 아니에요? 안될 거 같으면 시작 안 하는 게 좋아요. 괜히 애들 고생만 시킬까 봐 그러지."라고 하셨다. 원장님은 나를 진심으로 생각해서 하신 말씀이셨다.

그런데 나는 그해 합격을 했고, 어린이집에 합격 소식을 전하면서 합격 떡도 돌렸다. 원장님은 몹시 기뻐하시면서 정말 될 줄 몰랐다고 하셨다. 그리고 나의 합격 소식을 동네방네 자랑하셨다. "민준이 어머님이 그 어렵다는 공무원 시험, 그러니까 교사 시험에 합격하셨다네요." 그렇게 나는 합격을 의심한 2인 중 1인인 원장님도 놀라게 해드렸다.

나 또한 믿지 않았던 합격을 당연히 남들도 믿지 못하는 게 맞다. 아마 내가 임용 공부한다고 주변에 알렸으면 내 주변의 80% 이상은 "민찬이 엄마, 그 시험 어려워! 포기해!"라고 했을 것이다. 그렇게 조언해주는 사람은 내가 합격할 거라고 생각도 안 했거나 나의 성공을 바라지도 않았을 것이다. 남편과 어린이집 원장님은 나의 성공은 믿지 않았지만, 나의 성공을 응원했던 사람들이다. 인생에서 영원히 이루지 못할 거라고 생각한 임용 고시에 결국 합격했다. 혹시 주변 사람들로부터 의심의 눈길을 받아 상처받은 맘시생(고시 공부를 하는 육아맘)이 있다면 이렇게 말해주고 싶다. 당당하게 성공해서 '나도 할 수 있다'는 것을 보여주라고. 누군가의 말처럼 그것이 인생에서 가장 멋진 일일 테니 말이다.

3장

베이직!
우리 엄마의
합격 노하우/
시험을
준비하는
기본자세

맘시생들이여,
신사임당이 아니면 좀 어떻니?

공부하는 엄마는 공부, 육아, 살림을 다 해야 한다. 이 중 하나라도 부족하면 스스로 자책한다. 그런데 다 잘할 수는 없다. 또한, 공부하는 엄마라면 뭐든 공부를 우선순위에 둬야 한다. 그러니 공부하는 기간에는 살림은 좀 내려놓자. 곧 합격할 것이고, 합격 후에 육아와 살림을 잘하면 된다. 살림을 깔끔하게 하고 싶어도 살짝 내려놓고 생존만 가능하게 하자.

살림에 대해서 남편과 겉으로 이야기를 한 건 아니지만, 임용고시를 준비하는 동안 남편이 많이 이해해줬다. 우리 남편은 가정적이지만 보수적이다. 내가 기간제 교사 생활을 그만두고 전업주부가 되자, 남편은 살림에서 손을 뗐었다. 한 달에 1번 정도 대청소는 같이했다.

그러니 아기 씻기기, 빨래, 쓰레기 버리기, 설거지, 음식 만들기, 청소 등 90% 퍼센트는 나 혼자 했다(물론 남편은 아니라고 하겠지만). 남편 혼자 돈을 벌어오니, 남편도 나도 살림은 내가 하는 것이 당연하다고 생각했다. 당시 남편은 이직을 막 했던 터라 회사 일로 몹시 바쁘기도 했다. 나는 돈도 벌지 않는데, 살림이라도 해야 한다고 생각하며 살림을 거의 혼자서 했다. 당연하다고 생각했다.

그렇게 살림을 혼자서 하다가, 내가 임용 고시 재도전을 선언한 뒤에는 남편이 달라졌다. 내가 아이들 저녁밥을 차려주고 후다닥 독서실에 가면, 남편이 아이들을 돌봤다. 살림도 조금씩 하기 시작했다. 애들과 놀아주고 씻기고 재워주는 건 물론, 남편은 내가 공부한다고 미뤄둔 빨래와 청소도 했다. 그러면 나는 자정쯤 공부를 마치고 돌아와서 남은 설거지를 하고 다시 공부했다. 우리는 이렇게 하자, 저렇게 하자라고 겉으로 이야기하지 않았지만 우리 집은 자연스럽게 '공부하는 엄마'가 있는 가정으로 변했다.

살림은 한 자리는 표시가 안 나도 안 한 자리는 표시가 난다고 했다. 집안에 '주부'가 없으면 바로 표시가 난다. 하지만 엄마가 공부하는 기간에는 살림을 어느 정도 내려놓고, 할 수 있는 모든 자원을 동원하는 것이 가족 전체에게 더 이득이다. 그래서 공부하는 동안에는 남편의 전폭적인 지원도 받았고, 각종 이모님의 도움도 받았다. 로봇청소기, 식기세척기, 건조기 이모님들 말이다. 이런 이모님들의 도움도 받고, 반찬가게의 이모님 도움도 받았다.

그러니 공부하는 동안에는 살림은 좀 내려놓고 공부를 1순위에 두고 살자. 빨리 합격해서 나중에 살림을 똑 부러지게 하는 것이 전체적으로 봤을 때 훨씬 득이다. 공부할 때는 살림을 내려놓을 것. 실보다 득이 훨씬 크다.

시간은 쓰는 것이
아니라 만드는 것

상상해보자. 내 지갑에 매일 새롭게 같은 돈이 나온다. 돈의 액수는 정확히 86,400원. 이 86,400원은 오늘 다 써도, 내일 또 들어온다. 죽을 때까지 계속 들어온다. 주의할 점은 다 안 써도 저금을 할 수 없다. 이 경우 나는 이 돈을 어떻게 할 것인가? 지갑에 넣어만 두고 안 쓸 것인가? 아닐 것이다. 86,400원을 백 원 단위까지 다 쓰려고 노력할 것이다.

실은 이 86,400원은 하루에 우리가 쓸 수 있는 시간이다. 하루 24시간을 초로 계산하면 86,400초가 된다. 남녀노소 가릴 것 없이 누구나 86,400초의 시간이 주어진다. 그러나 이 시간을 어떻게 쓰느냐에 따라 누구는 회사를 운영하는 CEO가 되고 누구는 길거리 노숙자가 된다. 이렇게 시간은 사람의 인생을 결정하는 중요한 자원이다.

우리는 흔히 시간을 쓴다고 이야기하는데, 공부하는 육아맘은 시간을 쓰지 말고 만들어야 한다. 86,400초가 주어지면 단 1초도 허투루 쓰지 말아야 한다. 우리는 미혼의 수험생들과 경쟁 중이다. 미혼의 수험생들은 일단 우리보다 절대적으로 유리하다. 공부에 쓸 수 있는 시간이 많기 때문이다. 그러나 우리는 육아에 살림까지 해야 하므로 공부할 수 있는 시간이 상대적으로 적다. 그러면 어떻게 해야 하나? 방법은 두 가지다.

1. 자투리 시간을 활용해라

일상을 가만히 들여다보면 버려지는 시간이 꽤 많다. 시간 자원 관리 방법의 첫 번째 단계는 자신의 시간을 점검하는 것이다. 자신의 시간을 점검해 보면 버려지는 시간이 분명히 있다. 이 버려지는 시간을 다시 주워 담아야 한다.

예를 들면 도서관에 오고 가는 시간이 있다. 이 시간도 공부 시간으로 쓸 수 있다. 머릿속으로 마인드맵을 그리면서 도서관에 오고 가면 버리는 시간이 없어진다. 임용 공부할 때는 아이 방과 후 공개수업 시간에도 백지를 놓고 '하보브' 표를 그리면서 암기를 했다(하바머스, 보빗, 브라운의 이론을 줄인 말로 가정 임용을 준비하는 수험생에게 유명하다. 잘 안 외워지는 대표 이론으로 외워도 계속 잊어먹는 악마의 이론이다. 그런데 거의 매년 출제 되므로 반드시 외워야 한다). 이렇게 버려지는 시간도 알차게 주워 담아서 써야 한다.

2. 공부 시간이 아닌 순 공부 시간을 늘려라

미혼의 수험생들 그러니까 우리의 보이지 않는 경쟁자들은 10시간이 넘는 공부 시간을 인증한다. 겁먹지 말자. 공부 시간이 중요한 것이 아니라 순 공부 시간이 중요하다. 순 공부 시간이란 혼자서 오롯이 공부에 몰입하는 시간을 말한다. 책 펴놓고 노트 필기하는 것이 순 공부 시간이 아니다.

아무리 공부 시간이 10시간이 넘어도 순 공부 시간이 1시간이면 아무 소용이 없다. 우리 육아맘은 공부 시간 확보는 어렵겠지만, 순 공부 시간은 애를 써서 확보할 수 있다. 나의 경우 공부 시간은 하루 5시간을 넘긴 적이 별로 없었다. 그런데도 합격이 가능했던 이유는 바로 공부 시간이 주어지면 90% 이상 순 공부 시간으로 사용했기 때문이다.

남편과 아이가 내 공부로 지금 이 시각에도 고생하고 있다. 그러니 공부 시간을 1분 1초도 허투루 사용할 수 없다. 육아맘의 절박함은 순 공부 시간을 확보해준다. 공부 시간이 적다고 너무 겁먹지 말자. 좌절하지도 말자. 당락은 공부 시간이 아니라 순 공부 시간으로 결정된다. 의심하지 마라. 공부 시간이 턱없이 적어도 합격한 이가 바로 여기에 있다.

하기 싫은 걸 즐겁게 하는 것도 능력이고 실력이다

매일 매시간 즐겁게 공부할 수는 없다. 나도 공부가 정말 하기 싫을 때가 있었다. 그럴 때 예전 같으면 '그래, 오늘은 안되는 날인가 봐. 쉬자.'하고 나름의 합리화를 하고 놀았다. 그런데 시험공부를 하는 엄마는 쉴 수도 없고 쉬어서도 안 된다. 그래서 놀면서 공부하는 방법을 궁리했다.

1. 드라마 보면서 공부하기

공부할 당시 「손 더 게스트」가 방영되었다. 「손 더 게스트」는 범죄 영매 드라마였는데 내가 좋아하는 취향의 드라마였다. 그 드라마를 놓칠 수 없었다. 드라마가 보고는 싶고, 공부도 해야 하고 힘들었다.

그래서 차선책으로 드라마를 보면서 공부 자료를 정리했다. 공부를 하다 보면 공부 자료가 어마어마하게 많아진다. 평상시에 정리하기 힘들어서 미루어 둔 자료를 드라마를 보면서 정리했다. 드라마를 보면서 공부 자료를 분류하는 것이다. '에이, 드라마만 봐놓고 자료 정리했다고 핑계 대는 거 아냐?' 하겠지만,

실제로 자료를 정리하고 분류하는 것만 해도 많은 시간이 소요된다. 이때 드라마를 보면서 공부 자료를 정리하고 분류해두면 공부에 몰입하는 순 공부 시간을 늘릴 수 있다.

2. 다꾸하기(다이어리 꾸미기)

공부할 때 내가 좋아하는 뜨개를 못 했다. 공부를 시작할 때는 공부와 뜨개를 같이 하려고 했다. 그러나 처음 마음과 달리 합격에 대한 욕심이 커지면서 뜨개는 접었다. 즉 나의 낙(힐링)이 없어졌다. 그러다가 공부하면서 필기도구와 노트에 관심을 가지기 시작했다. 처음에는 노트였지만 점차 포스트잇, 떡 메모지, 마스킹테이프, 인스(인쇄물 스티커)로 확대되었다. 원래 예쁘고 아기자기한 것들을 좋아했던 나는 자연스럽게 공부에 다꾸용품을 활용했다.

서브 노트를 회독하면서 중요한 부분에는 예쁜 마스킹테이프와 스티커를 수시로 붙였다. 또 의식주와 관련된 공부를 할 때는 음식, 옷, 집과 관련된 스티커와 인스 등을 붙였다. 그러면 서브 노트를 읽기 싫다가도 서브 노트에 스티커를 붙이고 싶어서 꾸역꾸역 공부했다. 나의 사심도 채우고 공부도 할 수 있게 되니 일석이조다. 신기하게도 공부는 첫 장이 힘들지, 첫 장을 공부하면 열 장은 자연스럽게 넘어간다. 스티커 붙이려고 첫 장을 공부하다 보면 어느새 열 장, 스무 장 공부를 하게 된다. 공부가 정말 하기 싫을 때 다꾸라도 하면서 책을 펼쳐보게 하는 것이다. 그럼 최소한 1회독은 가능하다. 안 하는 것보다 1회독이라도 하는 것이 어딘가.

3. 쉬운 문제집을 눈으로 풀기

스터디를 통해서 아주 쉬운 단답형 문제들로 이루어진 과목별 문제집이 자연스럽게 생겼다. 이 문제집은 임용 난이도보다 낮은 문제들로 만들어졌는데, 처음에는 활용하지 않았다. 그러나 돌발성 난청으로 공부에 손을 떼고 난 뒤, 다시 공부를 시작했을 때 비로소 활용했다. 돌발성 난청으로 공부에 대한 자신감을 잃어버렸는데 이 문제집을 풀면서 공부 자신감을 회복했다. 또한, 간단하게 구성된 문제집이라서 자기 전, 자투리 시간에 가볍게 볼 수 있어서 좋았다. 공부하기는 싫고 공부는 해야 할 때 이 문제집을 가볍게 눈으로만 보고 풀었다. 부담되지 않는 공부 방법이지만, 합격에 도움이 많이 되었다.

4. 교과서 읽기

전공 공부가 지겹고 힘들 때 또는 두꺼운 책이 읽기 싫을 때는 교과서를 읽었다. 교과서는 전공서에 비해 가볍고 내용도 재미있다. 또한, 각종 사례와 사진들이 많아서 잡지 읽듯이 가볍게 보기 좋았다. 보면서도 공부를 하지 못하는 자책감이 생기지 않으니 얼마나 좋은가?

5. 살림하면서 전공지식 생각하기

공부가 싫을 때 나는 살림을 하면서 공부했다. 그만큼 살림이든 공부든 시간을 알차게 사용했다. 빨래하면서 물세탁의 원리를 생각했고, 세탁기를 사용하면서 세탁기 종류와 세탁의 순서를 생각했다. 일상생활 중에도 자신의 전공 공부를 활용할 수 있다. 예를 들어 떡볶이와 어묵을 사서 먹는 중이라면 수학과는 도형, 돈 계산을 주제로 공부할 수 있고, 과학과는 기름의 산패에 관해서 공부할 수 있다. 또한, 국어과는 쌍자음에 관해서 공부할 수 있다. 이렇게 우리는 일상생활에서도 충분히 전공 공부가 가능하다.

공부하기가 싫을 것이다. 공부가 힘들 것이다. 그때 포기하

거나 쉬면 안 된다. 싫고 힘든 것을 하는 것도 능력이고 실력
이다. 이것도 테스트라고 생각하자. 특히 교사는 학교 현장에
서 공부하기 싫어하는 아이들을 수없이 만난다. 이 아이들이
공부에 재미를 붙이도록 끊임없이 노력하는 것이 교사가 해
야 할 일이다.

 내가 했던 즐기면서 하는 공부 방법들을 아이들에게 알려주
는 날이 분명히 올 것이다. 그러니 각자 즐겁게 공부할 수 있는
자신만의 방법을 찾도록 하자. 우리 조금만 참자. 힘든 공부를
하는 중이지만 공부에 재미를 찾아서 이겨내 보자. 그것이 합
격에 더 가까워지는 지름길이 될 것이다.

공부하는 엄마가 고르는 어린이집은 달라야 한다

 어린이집 고르는 팁을 알려달라는 지인이 있다면 그 지인이
전업주부인가, 공부하는 엄마인가를 먼저 물어볼 것이다. 그에
따라서 조언이 달라지기 때문이다. 공부하는 엄마는 육아, 살

림, 공부를 다 같이 해야 하므로 이러한 상황을 고려해서 어린이집을 골라야 한다.

　나 또한 공부를 다시 시작하기로 한 해에 민준이를 어린이집에 입소시켰다. 이때 어린이집의 최우선 기준은 '집과 가까운 곳'이었다. 마침 아파트 단지 안에 어린이집이 개원한다는 소식을 들었다(이것도 운이 좋았고, 운명이라는 생각이 든다). 이 단지 내에는 어린이집 개원을 기다리는 사람들이 많았다. 나 또한, 임용 공부를 해야 했기에 그 어린이집에 민준이를 반드시 입소시켜야 했다.

　드디어 기다리던 단지 내 어린이집이 원생을 모집하는 날이 되었다. 사이트가 열리는 순간 손을 덜덜 떨면서 사이트에 접속했다. 거의 3분 안에 접수했는데도 접수순위는 17등, 그나마 다행이었다. 25명 정원에 17등으로 접수했으니 말이다. 이렇게 손가락을 덜덜 떨면서 대기한 끝에 우리 민준이를 단지 내 어린이집에 무사히 입소시켰다.

　단지 내 어린이집을 고집한 이유는 다음과 같다.

1. 단지 내 어린이집은 등·하원 버스를 타지 않는다

"등·하원 버스를 타는 게 좋은 거 아닐까요?"라고 질문 할 수도 있다. 둘 다 경험해 본 결과 내 대답은 "아니다."이다. 왜냐면 등·하원 버스를 탈 경우 아파트 단지까지 어린이집 버스가 오는 장점이 있지만, 정해진 등·하원 시간에 반드시 엄마가 등원과 하원을 시켜야 하는 불편함이 있기 때문이다. 그러므로 시간을 탄력적으로 쓸 수 없다.

그리고 어린이집 버스가 가끔 늦게 도착해서 꼭 정해진 시간에 도착하지 않을 수도 있다(늦게 도착할 때도 많고 늦게 출발하는 때도 많다). 즉, 허비되는 시간이 많다. 또한, 아이를 기다리면서 동네맘과의 의미 없는 대화로 에너지도 소비하게 된다. 그러므로 도보로 등·하원이 가능한 어린이집이 공부하는 엄마로서는 더 유리하다.

2. 언제든지 등원과 하원이 가능하다

앞에서도 이야기했지만, 등·하원 버스를 타는 경우는 등·하원 시간이 정해져 있어서 시간을 탄력적으로 쓰기 힘들다. 공부를 하다 보면 유난히 잘 될 때가 있는데 그렇다고 몇 분 더 고집할 수가 없는 것이다. 공부의 흐름을 깨고 아이를 데리러 가야 한다. 그러나 도보로 가능한 어린이집이면 어느 정도의 시간은 융통성을 발휘할 수 있어서 좋다.

3. 아이 돌보기가 좋다

예를 들면 아이가 감기에 걸려서 소아청소년과에 갔다가 어린이집에 데려다줘야 할 때, 만약 거리가 있는 어린이집이면 택시를 타든 자가용을 이용하든 아이를 데려다줘야 한다. 그런데 단지 내 어린이집의 경우 소아청소년과에 갔다가 집으로 가는 길에 아이를 등원시키면 된다. 또 아이가 컨디션이 좋지 않으면 오전에는 데리고 있다가 오후 시간에 등원시켜도 된다.

4. 안심이 된다

단지 내에 어린이집이 있어서 눈에 보이지는 않더라도 물리적인 거리는 아이와 가깝다. 물론 가까운 거리에 있음에도 어린이집에 자주 가지는 않았다. 다만 이렇게 가까이에 아이가 있으니, 아이가 무슨 일이 생겨도 즉시 달려갈 수 있다는 생각에 안심하고 공부했다.

이렇게 어린이집을 고르는 기준이 전업주부였던 때와 공부하는 육아 맘이었던 때가 달랐다. 결과적으로 성공적이었다. 공부하는 엄마라면 자신의 상황에 따라 어린이집을 선택하는 것이 좋다. 내 경험으로 미루어 보아 공부하는 엄마에게는 단지 내 가까운 어린이집을 추천한다.

돌발성 난청, 투병과의 싸움이 시작되다

2018년 6월. 밀린 스터디 자료를 정리하고 있었다. 단순한 자료정리라서 그 당시 좋아하던 TV 예능프로그램인 「나 혼자 산다」를 보며 자료를 정리하고 있었다. 마침 가수 화사가 곱창을 맛있게 먹는 회차를 보고 있었는데 갑자기 '찌~~~잉' 하더니 TV 소리가 잘 들리지 않았다. '왜 이러지? TV가 문제인가?' 싶은 생각에 리모콘으로 TV 소리를 높였다. 그러나 이상하게도 소리가 잘 들리지 않았다. 그때는 그저 일시적인 현상이라 여겼다. 그러나 자고 일어나도 내 귀는 이상했다. 종일 잘 들리지 않았다. 그때도 무심히 '음? 귀에 귀지가 많나?'라고 생각했다.

그렇게 또 하루를 보내도 내 증상은 나아지지 않았다. 시간이 흘러도 그대로였다. 오히려 더 악화되었다. 자주 가던 네이버 카페에 내 증상에 대해서 글을 올렸다. 그랬더니 다들 '돌발성 난청' 같아 보인다며 얼른 병원에 가보라고 했다.

그때 비로소 내 귀의 심각성을 느끼고 뜬눈으로 밤을 새운 뒤, 아침 일찍 동네 이비인후과에 갔다. 바로 청력검사를 했는데, 내 청력은 정상보다 이미 1/3이나 떨어져 있었다. 단 3일 만에 청력이 급격하게 떨어졌다. 알아보니 돌발성 난청은 위급한 병이었다. 3일(72시간) 안에 치료받아야 할 만큼 빨리 치료하는 것이 중요하다. 금요일 자정쯤에 증세가 시작되었기 때문에, 나는 이미 3일 넘게 병을 방치한 셈이다.

더군다나 동네 이비인후과에서는 긴급 약을 처방해 줄 수는 있지만, 별다른 치료는 못 한다고 했다. 대학병원에 가라고 했다. 그때 의사 선생님은 아주 담담하게 "돌발성 난청으로 보여요. 이게 1/3은 청력이 돌아오고요. 1/3은 청력이 영구적으로 떨어지고, 1/3은 영구적으로 청력을 잃어요."라고 말했다. 너무 담담하게 이야기하시길래 나도 "네. 그렇군요."라고 담담하게 반응했다. 그러나 사실은 내가 청력을 영원히 잃을 확률이

33.3%라는, 아주 심각한 상황이었다.

남편에게 상황을 이야기하고, 다음날 아주대 대학병원으로 갔다. 여전히 귀에서는 '윙~윙' 소리가 떠나지 않았다. 시간이 갈수록 내 증세는 더 나빠졌다. 아주대 대학병원에서도 돌발성 난청이라는 이야기를 들었다. 심각한 상황에 비해 치료 방법은 의외로 많지 않았다. 고막 주사를 여러 차례 맞는 방법이 거의 전부였다. 하지만 고막 주사는 후유증이 있고 실제 효과를 보는 사람의 수도 적다고 했다. 하지만 영원히 청력을 잃을지도 모른다는 불안감에 후유증을 감내하고 주사를 맞았다. 다른 선택을 할 여유도 없었다.

그렇게 나의 투병 생활은 갑자기 시작되었다. 툭 하고 찾아온 돌발성 난청과 이명은 내 생활을 흔들어 놓았다. 특히 하던 임용 공부를 당장 그만둬야 했다. 돌발성 난청은 그저 쉬는 게 최고의 약이다. 그래서 다른 사람은 별다른 치료를 받지 않음에도 입원해서 푹 쉰다고 한다. 그렇게 나는 그 자리에서 공부를 그만두고, 누워버렸다.

아이들만 겨우 챙기고 그 외 시간은 누워만 있었다. 종일 누워있으니 임용 공부는 둘째치고, 아이들 걱정을 많이 했다. '교사 엄마'는커녕, 소리를 듣지 못하는 엄마가 될 수도 있다니. 하루에도 여러 번 '나는 정말 교사가 되면 안 되는 팔자인가 보다. 팔자에도 없는 교사를 억지로 하려고 하니, 이렇게 병이 났나 보다. 이번에도 역시 안 되나 보다.'라고 생각했다. 종일 우울하고 또 우울했다.

위기에 강한 여자

당시 내 상태는 정말 심각했다. 소리가 잘 안 들리고 이명도 있어서 무슨 일이든 집중력이 떨어졌고 무기력했다. 그렇게 어두운 시간을 꾸역꾸역 보냈다. 임용 공부는 완전히 접었고, 청력도 돌아오지 않았다. 일단은 청력만 생각하기로 했다. 평소에는 그저 쉬고, 이따금 아주대 대학병원으로 가서 고막 주사를 맞았다. 다행히도 고막 주사를 6회 맞고 나서는 청력이 원래 청력까지는 아니지만, 정상 범위까지 올라왔다. 늘 가던 이비인후과에서도 "운이 좋으셨어요. 확률이 낮은데, 청력이 돌아왔네요."라는 말을 들었다.

　그렇게 해피엔딩으로 끝나면 좋을 텐데. 청력은 회복했지만, 이명은 사라지지 않았다. 별다른 치료 방법도 없었다. 대학병원에 가도 이명은 단지 "신경 쓰지 마세요. 백색소음이 있으면 좋아요. 거실에 어항을 두는 게 좋을 거 같아요." 그게 다였다. 이명이 없어지길 기다렸지만, 없어지지 않았다. 병원에서는 이명은 있지만, 청력이 회복된 것만으로도 만족하라고 했다.

　이런 상황에서 임용 공부는 생각도 안 했다. 정말 힘든 선택이었지만, 임용 공부를 포기했다. 그저 가끔 먼발치에서 눈으로 책장에 꽂힌 전공서만 힐끗거릴 뿐이었다. 남편은 이제 임용 공부도 안 할 거니까, 책을 정리하자고 채근했다. 알았다고 했지만, 뭔가 모를 미련이 남아서 책 정리를 자꾸 미뤘다.

　그러던 어느 날 우연히 인스타를 보다가 알게 된 임용 시험 디데이. 임용 시험이 80여 일 남았다니. '벌써? 어쩌지? 진짜 이대로 포기해야 하나?' 잠시 고민하다가 이명과 함께 공부하기로 결심했다. 그렇게 2017년 갑자기 공부를 시작하듯, 2018년 9월 어느 날 또 갑자기 공부를 다시 시작했다. 그날 저녁 공부를 다시 하니, 남편은 뭐 하냐고 물었다.

"음. 나 공부하려고."

"뭐? 다시 할 수 있겠어? 아직 아프잖아."

"그냥, 해보려고. 아주 조금만 할 거야."

그렇게 임용 공부를 다시 시작했다. 80여 일 남은 임용 시험. 막막했지만, 오히려 담담했다. 워낙 남은 날이 얼마 되지 않아서, 기대치가 없어서 그랬나 보다. 그런데 그렇게 또다시 시작한 공부는 나의 초심과 달리 하루가 다르게 양과 질이 늘어났다. 절박하니 오히려 전보다 더 치열하게 공부했다.

최대한 효율적으로 공부했다. 버릴 거 버리고 정말 중요한 것만 공부했다. 가뜩이나 공부 시간이 부족한 육아맘이 투병으로 80여 일 앞두고 임용 시험을 또다시 시작하다니. 누가 알았겠는가? 이런 상황에서 합격하리라고. 나도 전혀 예상하지 못한 합격. 그 누구도 예상 못 한 합격. 그때 아프다고 공부를 그만뒀다면 합격은 당연히 없었을 거다. 그랬다면 현재 교사의 삶도 없겠지. 그러니 제발 지금 상황에 좌절하지 말고 뭐라도 도전해 보자. 위기를 이겨내고 합격한 사람이 바로 여기에 있다.

당신은 충분히 빛나고 있다

기간제 교사 시절 나는 학생들이 뽑은 '패셔니스타 교사'로 매해 뽑힐 정도로 나름 잘 꾸미고 다녔다. 그러나 전업주부가 되고 나서는 패션이나 외모에 관심이 없어졌다. 관심을 가질 상황도 아니었다. 남편 혼자 버는 외벌이고, 아이 둘을 데리고 쇼핑하기도 어려웠다. 예쁜 옷을 사 입어도 그걸 입고 갈 곳도 딱히 없었다. 그러다 보니 점차 패션, 유행, 외모는 나랑은 상관없는 이야기가 되었다. 오죽하면 남편이 "이제 옷도 좀 사 입어. 매년 같은 점퍼야."라며 하나씩 사줄 정도였으니.

그렇게 지내다가 2017년 임용 공부를 다시 시작하니, 그마저 사던 옷도 사지 않았다. 패션이니 유행은 남들 이야기고, 관심을 가질 여유도 없었다. 공부와 육아, 살림을 병행한다고 시간적 여유, 체력적 여유, 경제적 여유도 다 부족했다. 공부하기 편한 통이 넓은 바지, 운동화만 있으면 충분했다. 심지어 이 통이 넓은 바지도 차로 5분 정도 거리에 있는 가까운 아울렛에서 20여 분 만에 사서 얼른 돌아왔다. 그러니 화장하는 것도 임용 공부를 하는 동안에는 손꼽을 정도였다.

이렇게 임용 공부로 외모에 관심이 더욱더 없어지니, 남들 눈에도 좀 초라해 보였을 것이다. 임용 공부할 때는 화장기 없는 얼굴, 통 넓은 트레이닝 바지에 집업 점퍼를 늘 입고 다녔다. 우스갯소리로 역 앞에 노숙자와 구별이 힘들 정도였다. 외모가 너무 초라해서 정신이 약간 이상한 여자인가 하면서, 가까이 오면 피하게 되는 스타일 말이다.

이렇게 남루하고 초라하게 다녔지만, 단 한 번도 창피하다는 생각은 안 했다. 창피하다고 생각할 여유도 없었다. 합격만 하면 그깟 옷, 가방, 신발은 실컷 살 수 있다고 믿었다. 그래도 그때 사고 싶은 가방은 있었다. 그 당시 샤넬 가방을 또래 아이 엄마들이 많이 들고 다녔다. 그걸 보고 나도 갖고 싶다는 생각은 했다. 그래서 그 가방은 합격 후에 사기로 내 합격 버킷리스트에 넣었다. 그렇게 합격 후 샤넬 가방을 사는 상상만 하고, 언제나처럼 낡은 에코백에 전공서를 가득 들고 독서실로 향했다.

'합격 후 현재 나의 외모는 화려하게 변했다.'라고 말할 수 있었으면 좋겠지만, 합격 후에도 내 외모는 큰 변화가 없다. 지금도 외모나 패션에 크게 신경 쓰지 않는다. 합격 전에 꿈꿨던 가방을 살 여유가 이제는 있다. 그 이상의 명품 가방을 갖는 것도 이제는 가능하다. 남편도 이제는 사회생활을 하니 좀 좋은 가방을 사라고 이야기한다. 그러나 이제는 명품 가방을 사고 싶다는 생각이 들지 않는다. 합격 후에 내 자존감이 자연스럽게 올라갔기 때문이다. 그런 높은 자존감이 있으니, 과장을 조금 보태어 검정 봉지만 들고 백화점 명품관에 가도 전혀 작아지지 않는다(생각해 보니 그렇게는 차마 못 하겠다). 검정 비닐 봉지를 들든, 에코백을 들든 내 안에 자존감이 높은데, 그깟 가방이 뭐가 중요한가?

 양재진, 양재웅 선생님이 「시크릿 토킹」에서 자존심과 자존감의 차이에 대해서 알려주었다. 누가 "바보야!"라고 했을 때, "내가 왜 바보야!"라고 이야기하며 감정 동요가 일어나는 사람은 자존심이 센 사람이라고 했다. 그런데 자존감이 높은 사람은 누가 나한테 뭐라고 평가를 하건 간에 아무 상관이 없다고 생각한단다. 확실히 나는 자존심이 아닌 자존감이 높아졌다.
 학기 초가 되면 맘 카페에서는 학부모회의, 학교 공개 수업에 입고 나갈 옷을 고민하는 글을 많이 볼 수 있다. "이렇게 입어도 될까요? 저렇게 입어도 될까요?" 그 수많은 글 중 아직도 생각나는 글이 있다. 오히려 전문직 엄마는 외모에 신경을 안 쓴다는 글. 반 아이 엄마가 의사인데, 학교행사에 화장도 안 하고 옷도 편하게 입고, 에코백을 들고 나타났단다. 그런데 의사라는 것을 엄마들 사이에서는 이미 알고 있어서, 옷에 대해서 이런저런 쑥덕거림이 하나도 없었다고 한다. 오히려 외모에 신경 쓰지 않는 것이 더 멋있어 보였다고 했다. 이렇게 외적인 모습 못지않게 중요한 것이 내적인 모습이다.

지금은 공부하기 때문에 당분간 외모나 패션에 신경을 못 쓸 뿐이지, 합격 후에는 상황이 달라진다. 임용 합격 전에는 나와 관련된 것을 살 때 알게 모르게 죄책감을 느꼈다. 뭐든지 주저주저하고 가성비를 따졌다. 그런데 합격 후 교사가 되니, 나에게 돈을 쓰는 것에 죄책감은 없다. 매달 고정적인 벌이도 하고 있고 사회생활도 하기 때문이다. 그래서 뭔가가 사고 싶으면 별다른 고민 없이 산다(물론 과하다 싶은 건 고민하지만). 사소한 듯 보이지만, 전업주부에게는 이런 사소한 부분도 아주 크다.

그리고 보니 공부할 때는 여유가 없어서 못 꾸몄고, 합격하고 교사가 되니 꼭 꾸밀 이유가 없어서 안 꾸민다. 패션에 관심을 가지지 않는 자의 변명일 수도 있겠다. 나는 꾸미지 않아도 내면의 아름다움으로 꽉 차 있다. 또 누가 내 외모에 뭐라고 한들 "그게 뭐?"라는 반응이 가능하다. 누가 무슨 명품 옷을 입고 명품 가방을 들면 예전에는 부러웠다. 그러나 이제는 부럽지 않다. 사고 싶어도 못 사는 것과 살 수 있지만 안 사는 것은 분명 다르다. 공부하는 엄마들이여, 꾸미지 않아도 괜찮다. 매일 공부하면서 성장하고 있는 당신은 꾸미지 않아도 이미 충분히 빛이 난다.

가화공부만사성

중요한 시험공부를 하는 사람은 항상 평온한 상태를 유지해야 한다. 평온한 상태에서 집중력 있는 공부가 가능하기 때문이다. 집에 고민과 걱정이 있으면 마음이 무거워서 공부에 집중하기 어렵다. '가화만사성'이 아니라 '가화공부만사성'이다. 지금도 반 아이들에게 강조한다. 시험 기간에는 웬만하면 친구나 가족들과 싸우지도 말라고. 그만큼 공부에서 멘탈 관리는 중요하다.

 나는 어렸을 때 머리도 나쁘지 않았고 공부도 곧 잘했다. 하지만 매번 인생에서 중요한 시험에서 평소 실력보다 좋지 않은 결과가 나왔다. 심지어 수능을 치고 가채점 점수를 담임선생님에게 보여드리니, 담임선생님은 "그날 아팠니?"라고 물어볼 정도였다. 그만큼 나는 중요한 시험에 약했다.

 나중에 어떤 글을 보았는데, 글쓴이가 서울대에 갈 만큼 실력이 뛰어났음에도 가정이 화목하지 못해서 큰 시험은 족족 망쳤다고 했다. 그는 마음이 평온하고 가정이 화목해야 제 실력이 나오거나 실력보다 시험을 더 잘 칠 수 있다고 강조했다. 이 글을 보고 그제야 중요한 시험에서 평소 실력보다 낮은 내 점수가 이해됐다. 중요한 시험마다 망치는 팔자. 가뜩이나 어릴 때 우리 집은 남들보다 화목하지도 못했는데, 성적까지 그렇다니 참 기구한 팔자다.

 팔자를 탓할 수만은 없다. 이번 임용 시험은 반드시 잘 봐야 한다. 나의 미래와 아이들의 미래가 걸린 중요한 시험이다. 그래서 멘탈 관리를 위해서 도를 닦는 마음으로 뭐든 긍정적으로 생각하려고 노력했다. 화가 나는 일이 있어도 될 수 있으면 참고 '이 동네 보살은 나다.'라는 생각으로 공부하는 기간을 보냈다(물론 2017년 12월 눈썰매장 사건은 참을 수 없었지만 말이다). 멘탈 관리를 위해서 항상 먼저 밝게 인사하고 뭐든 감사한 마음으로 지냈다. 그래야 복이 들어오고 이것이 좋은 결과로 이어질 거라고 생각했다.

공부하는 해에는 부부싸움도 되도록 안 하려고 노력했다. 원래 예민한 성격이라서 누구에게 안 좋은 감정이 있으면 공부가 안됐다. 누구와 싸우거나 고민이 있으면 그 생각으로 공부에 집중 못하는 예민한 나. 그래서 생활을 최대한 단순하게 유지했고 인간관계도 단순화했다. 타의 반, 자의 반 동네 아웃사이더로 지낸 것도 도움이 됐다. 동네맘과 교류하면 당연히 이런저런 이야기를 나누어야 한다. 에너지도 많이 뺏기고 어떤 말에 꽂혀서 기분이 며칠 나쁠 수도 있다. 또 내가 한 말에 대해서 계속 곱씹어 보면서 에너지 및 감정 소모를 할 수도 있다. 즉 넓고 다양한 인간관계는 에너지를 뺏기고 멘탈에 좋지 않기 때문에 공부하는 동안이라도 동네맘을 비롯한 친구 관계는 거리를 두는 게 좋겠다. 진정한 친구라면 공부한다고 거리를 두더라도 응원하고 이해를 해줄 것이다. 그와 반대라면 자연스럽게 멀어질 것이다. 이 경우 진정한 관계는 아니므로 그냥 내 인생에서 인연이 아니라고 생각하고 다른 소중한 인연을 기다리면 된다.

합격만 하면 나와 마음이 맞고 공감대를 형성할 수 있는 이들을 여럿 만날 수 있다. 오히려 나와 처지가 비슷하고 서로 존중하는 동료들을 만날 기회가 많이 생긴다. 지금 내 주변에는 마음을 나누고 의지할 수 있는 동료 선생님들이 많이 있다. 그러므로 동네맘의 사소한 관계에 집착하지 말고, 공부하기로 마음을 먹었다면 공부에만 집중하자.

그놈의 뒷바라지

우리 남편을 소개하자면 전형적인 꼰대다. 가정적인 꼰대. 우리 남편은 경상도에서 태어나고 자라서 줄곧 경상도 남자로 살았다. 시부모님도 전형적인 경상도 시부모님이다. 그건 아이 엄마가 공부한다고 육아와 살림을 소홀하게 하는 것은 용납이 잘 안된다는 의미이기도 하다. 그런데도 당시 남편은 내가 임용 공부를 한다고 하니, 굉장히 적극적으로 도와줬다. 나는 '도와줬다'라는 말을 싫어하지만, 남편은 꼭 '도와줬다'라고 표현했다. 도와줬다는 표현은 거슬리지만, 남편은 내가 공부를 시작하고 나서 확 달라졌다. 일단 퇴근 시간이 빨라졌고, 자신의 취미생활은 온전히 포기했다. 남편은 자신의 소중한 취미생활을 접고 아내의 공부를 위해서 집안 살림과 육아를 더 많이 도와줬다. 퇴근 후 사적인 모임도 가끔 가졌지만, 내가 공부를 하고 나서는 별다른 일이 없으면 곧바로 퇴근했다.

 퇴근 후에 내가 저녁을 차려놓으면 남편은 저녁을 먹고, 아이들을 챙겼다. 남편과 아이 저녁을 차려주고 나면 곧바로 가방을 챙겨서 아파트 단지 내에 독서실로 향했다. 남편 덕분에 나는 긴 시간 동안 독서실에서 오롯이 공부에 집중할 수 있었다. 남편은 지금도 "내가 뒷바라지해서 네가 합격한 거야!"라고 한다. 그러면 "무슨 소리야? 공부는 내가 했지? 자기가 했어?"라고 반론하지만, 남편이 내 뒷바라지를 했다는 것을 아니라고 부정할 수 없다.

 남편은 평일 저녁에는 내가 공부할 수 있게 육아를 맡았고, 주말에도 오롯이 육아를 도맡았다. 아이들을 데리고 주말마다

나들이나 산책을 했다. 어떤 날은 애들을 데리고 야구장을 갔고, 어떤 날은 과학관에 갔고, 어떤 날은 미술관에 갔다. 민준이는 7~8살이라서 남편이 혼자 돌보기가 괜찮았겠지만, 우리 집 둘째 떼쟁이 민찬이는 그 당시 4~5살이라서 돌보기가 힘들었을 것이다. 민찬이는 외출 중에도 자주 낮잠을 잤고, 찡찡거리고 떼도 부렸다. 남편 혼자 아이 둘을 돌보는 게 쉽지 않았을 것이다.

그렇게 남편은 아내의 공부를 위해서 애들 둘을 데리고 주말마다 나갔다. 남편은 아직도 그때를 회상하면 고개를 절레절레 흔든다. 민찬이가 돌발행동을 자주 해서 힘들었단다. 이렇게 남편의 뒷바라지로 평일 밤과 주말에 오롯이 공부에 전념할 수 있었다. 여기에 남편은 시간이 오래 걸리는 단순 업무도 대신 해줬다. 수험 공부는 그냥 책만 펴서 공부하는 작업이 아니다. 특히 가정과 공부는 의, 식, 주, 가족, 소비, 교육론 등의 영역 자체가 넓고 공부량이 방대하다. 그러므로 가정과 임용 공부는 자료도 많다. 각종 자료를 정리하고 정리한 자료를 프린트하고 제본하는 데도 많은 시간이 걸린다. 스터디 자료만 해도 매일 몇십 장이었고 그걸 정리해서 프린트해야 했다.

남편은 퇴근해서도 매일 내 공부 자료를 프린트했다. 프린트

양이 어느 정도였냐면 새로 산 프린트가 몇 달 만에 완전히 망가질 정도였다. 남편은 프린트하면서 이 많은 자료를 정말 다 보냐고 재차 물었다. 그만큼 자료가 많았다. 시험에 합격하기까지 몇천 장의 자료를 프린트하고 공부했다. 오죽하면 중고 제본기를 사서 직접 제본했을까. 그때 제본한 자료만 해도 몇십 권이다. 이 작업을 남편이 많이 대신 해줬다.

 그러던 중 남편은 몇천 장의 자료를 매일 공부하는 나를 점점 존경의 눈으로 바라봤다. 내용도 슬쩍 봤더니 어렵더란다. 이걸 다 이해하면서 보냐고 나에게 묻기도 했다. '아니 전공서를 이해도 못 하면 어떻게 시험을 보니? 임용 시험이 그리 쉬운 시험인 줄 알았니?' 날이 갈수록 남편은 나를 대단하게 보았고, 가정과의 중요성에 대해서도 깨달았다. 가정과 교사의 남편으로 진정한 외조를 시작했다. "인정아! 내가 보니까 가정처럼 중요한 과목이 없어. 나는 물론 기술만 배웠지만. 진짜 보면 볼수록 가정 과목은 중요하네. 의식주도 배우고 소비랑 가족도 배우니 말이야. 내가 살림해보니까 진짜 필요한 과목인데." 특히 2019년 임용 시험 문제를 보니 가정과의 중요성을 더 잘 알았다고 했다. 임용 시험 문제에 부동산, 신용, 대출 등에 대한 문제가 나왔기 때문이다. 남편은 이렇게 점점 가정교사의 사부님으로 멋지게 변신했다.

또한, 남편은 기꺼이 내 발도 되어주었다. 그 당시 나도 운전면허는 있었지만, 운전은 안 했다. 그래서 내가 수업 실연을 위해서 다른 지역으로 스터디를 하러 가면 남편은 퇴근 후에 그 먼 길을 꼭 데리러 왔다. 특히 수업 실연 스터디를 하던 시기는 겨울이라서 추웠고, 해도 빨리 떨어졌다. 40살 가까운 나이에 아이들은 본가에 있고, 마누라는 웬 중학교 빈 교실에서 20대 아가씨들과 스터디를 하는 중이다. 현실을 자각할만하다.

그러나 남편은 이런 점을 불평하기보다 수업 실연을 하고 임용 2차 공부하는 걸 무척 궁금해했고, 스터디 이야기를 듣기 좋아했다. "오늘은 수업 실연 잘했어?", "오늘은 젊은 애들에게 뒤처지지 않았어?" 내가 공부하는 걸 신기하게 생각했고 늘 궁금해했다.

동네맘들과 유모차 끌고 수다나 떨던 아내가 어느 날 갑자기 임용 공부한다고 하더니, 임용 1차 시험에 덜컥 합격하고 20대들과 임용 2차 스터디를 한다니. 남편은 본인의 몸은 비록 힘들었지만, 그때가 참 좋았단다. 자기가 그토록 좋아하고 사랑했던 인정이가 동네에서 동네맘들하고 비생산적인 수다나 떨었는데 이제는 활기차게 살아서 좋았단다. 그래서 힘껏 도와줬단다. 나이도 많은데 부끄러워하지도 않고 20대들과 열정적으로 함께하는 모습을 보니 원래 내가 좋아하던 '정인정'을 다시 만난 것 같았단다. 그래, 나는 원래 이렇게 공부하기를 좋아하고 재능이 많던 여자였다. 그런 여자가 인생이 끝난 것처럼 365일 중 360일을 동네맘들과 커피타임이나 가졌다니.

남편은 시가의 각종 행사에서도 나를 현명하게 빼주었다. 양가 부모님 생신, 명절, 김장 등의 상황에서 내가 임용 공부를 해야 해서 갈 수 없다고 양가에 이야기를 잘해주었다. 요즘 말로 '쉴드'를 잘 쳐주었다. 특히 추석은 임용 고시 시험 날과 가깝다. 2017년, 2018년 추석에는 남편이 애들만 데리고 시가와 친정에 들러서 명절을 지내고 왔다. 나만 혼자 집에 남아서 공부했다.

나도 처음에는 같이 간다고 했다. 그 며칠이 뭐라고 내가 안 간다고 하면 시부모님이 야단을 치실 수도 있고(시부모님은 며느리가 공부한다고 하니 너그럽게 이해해주셨다), 또 그렇게 명절에 시가에 안 갔는데, 불합격하면 큰일이라고 생각했다. 그래서 간다고 고집을 부렸다. 그러나 남편은 "지금이 얼마나 중요한데, 명절에 시가를 가니? 공부가 더 중요하지." 이렇게 말하고는 내가 명절에도 공부만 하도록 도와줬다. 이렇게 남편과 아이들은 2017년과 2018년 추석에 나와 함께 하지 못했다. 2017년과 2018년 추석 기념사진에는 삼부자만 있다. 지금에서야 아름다운 추억이지만, 내가 불합격했다면 가슴 아픈 추억일 수도 있겠다. 겉으로야 "공부는 내가 했지, 남편 네가 공부했어?"라고 했지만, 남편의 도움이 없었으면 합격은 할 수 없었다. 남편은 내가 공부에만 몰입할 수 있도록 물심양면으로 도왔고, 내가 가장 신경 쓰는 시가와의 관계도 잘 조정해주었다.

합격 후, 남편은 지금도 자기가 아내를 합격시켰다고 자랑하고 다닌다. 그렇다. 남편을 잘 활용해야 공부하는 엄마는 합격할 수 있다. 누구보다도 든든한 지원군, 나를 누구보다 아껴주는 지원군, 공부를 적극적으로 도와주는 지원군. 만약 공부하는 엄마 중에 "남편이 내가 공부하는 걸 반대해요. 도와주지도 않고요."라고 한다면, 남편에게 꼭 다음 페이지의 글을 보여줘라.

To. 맘시생 아내를 둔 남편분들에게

안녕하세요? 저는 가정과 교사로 재직 중인 교사 정인정입니다. 저는 미혼일 때 기간제 교사로 일하다가 결혼하고 출산하고 육아를 하면서, 전업주부가 되었어요. 전업주부로 8년을 살다가 우연한 기회에 임용 공부를 다시 하게 되었어요. 그때 나이가 37살이었고, 당시에 7살, 3살 아들을 키우고 있었어요. 게다가 주변에 육아를 도와주시는 분도 없었어요. 시가와 친정이 편도 3시간 이상이 되는 거리였고, 친정엄마는 가게를 운영 중이셨거든요. 그래서 저는 혼자서 육아하면서 공부했어요.

주위에서 쉽지 않을 거라고, 불가능할 거라고 했는데 젊고 똑똑한 임용고시생들을 제치고 당당하게 합격했어요. 합격요인은 여러 가지가 있겠지만, 남편의 도움이 컸어요, 남편이 전폭적으로 저를 지지해줬거든요. 제가 공부 시간을 확보할 수 있도록, 평일 퇴근 후에는 아이들을 돌봐줬고, 주말에는 아이들과 나들이를 했어요.

그리고 공부하면서 발생할 수 있는 시가와의 갈등도 남편이 중간에서 잘 조정해줬고요. 임용 시험을 치르는 날이 추석과 가까워서 추석을 어떻게 보내느냐에 따라서 당락이 결정되는데, 우리 남편은 추석에 제가 시가에 안 가고 집에서 혼자 공부를 할 수 있도록 도와줬어요.

이런 남편의 노력이 공부하는 엄마의 입장에서는 큰 힘이 됩니다. 맘시생 남편님, 분명 아내가 공부하면 힘드실 거예요. 정신적, 육체적, 경제적으로요. 하지만, 아내가 공부하는 건 자신을 위해서만이 아닐 거예요. 남편과 아이들을 위해서 공부를 시작했을 거고 공부를 하는 거예요. 실제로 임용 시험에 합격하면 그 모든 성과와 영광을 아내 혼자 얻는 것이 아니라, 그 가정 전부가 얻습니다.

자라나는 아이들을 위해서라도 아내의 공부를 지지해주시면 좋겠어요. 아이들은 부모의 그늘을 보고 자란다고 하잖아요. 공부하는 엄마의 모습만큼 아이들에게 좋은 엄마의 모습은 없어요. 무엇보다 합격 후엔 '교사 엄마'를 갖게 됩니다. 이게 엄청 대단한 것은 아니지만, 아이들에게는 학교에서 근무하는 엄마가 두고두고 든든한 지원군이 될 거예요.

맘시생 남편님, 아내의 공부를 도와주세요. 혹여나 임용 시험에 실패하더라도 아내는 자신의 공부를 도와준 남편을 평생 잊지 못할 거예요. 그 시기가 힘들더라도 아이들의 기억에는 '공부하는 우리 엄마'의 자랑스러운 모습이 남아요. 맘시생 남편님, 이 글을 보신다면 꼭 아내의 꿈과 공부를 응원해주시기를 부탁드립니다.

- 정인정 올림-

아이 때문이 아니라, 아이 덕분이라고 말할 수 있기를

"아들 둘 맘, 임용 시험에 합격했어요."라고 하면 다들 "힘들었겠어요.", "대단하세요.", "어떻게 하셨죠?"라고 한다. 물론 힘들었다. 유치원에 다니는 7살 민준이, 이제 겨우 3살 민찬이. 아이들이 어려서 둘 다 손이 많이 갔다. 아들을 키우는 엄마는 알겠지만, 체력적으로도 정신적으로도 힘들다. 아들 키우는 엄마는 목소리도 바뀐다고 할 정도다. 그것도 힘든데, 공부를 병행하면서 키우는 건 더 만만치 않다. 하지만 지금도 나는 말한다. 우리 아이 둘과 함께했기 때문에 합격했다고, 아이들이 나의 합격 영웅이라고. 아이들이 나의 합격 영웅인 이유는 다음과 같다.

1. 아이들은 강력한 공부 동기가 된다

앞에서도 이야기했지만, 내가 8년간의 경력 단절 후에 다시 임용 공부를 결심한 건 민찬이에게 입학 선물로 '교사 엄마'를 선물하고 싶었기 때문이다. 엄마에게 아이와 관련된 동기는 그 어느 것보다 강하다. 엄마가 자기 자식을 위해서 못 할 것은 없다.

2. 아이들은 힐링이 되는 존재다

수험생과 관련된 책을 읽으면 한결같이 공부하면서 스트레스를 해소할 수 있는 뭔가가 필요하다고 했다. 공부를 열심히 하다가도 하루쯤은 게임, 목욕, 수다 시간 등을 가진다고 했다. 그러나 나는 공부가 힘들 때면 일부러 시간을 내어서 어떤 것을 하지 않았다. 아이들 미소와 재롱만 봐도 공부 스트레스가 해소되었으니까.

3. 아이들을 공부에 활용했다

공부가 잘 안되는 날이면 아이들에게 간단하게 오늘 공부한 전공 내용을 설명했다. "민찬아, 세탁의 원리는 말이야~."라며 초등학생도 알아들을 수 있도록 쉽게 설명했다. 내가 응시하는 시험은 아이들을 가르치는 교사를 뽑는 시험이다. 그러니 우리 아이들에게 설명하면서 자연스럽게 공부한 내용을 인출했다. 그렇게 아이에게 설명하면서 공부한 내용은 암기가 잘 되고 재미도 있었다. 최고의 공부법은 다른 사람을 가르치는 것이니 아이가 있는 것이 합격에 도움이 된다.

4. 아이들의 응원을 받았다

민찬이는 내가 2차 시험을 치는 중에도 엄마의 합격 기원 기도를 했다. 우리 가족은 도로 터널을 지날 때까지 숨을 참고 원하는 소원을 속으로 이야기하면 소원이 이루어진다고 믿고 있다. 그래서 내가 2차 시험을 치는 시간에 도로 터널이 나타나면 민찬이는 숨을 참고 "엄마가 꼭 시험 잘 쳐서 합격하게 해주세요."라고 했단다. 그런 어린 아들의 간절함이 이루어졌는지 그 순간 나는 임용 2차 시험을 실수 없이 만족스럽게 쳤다.

"아이 때문에 공부는 못 해요.", "아이 때문에 시간이 없어요."라는 육아맘이 많다. 각자의 상황은 있겠지만, 아이 때문이라는 말은 안 했으면 좋겠다. 현직교사도 휴직하는 시기인, 초등학교 1학년 아들과 손이 많이 가는 떼쟁이 4살 아들을 키우면서 합격한 나도 있다. 아이 셋을 키우면서 합격한 특수선생님. 백일 갓 지난 아기를 모유 수유하면서 합격한 가정 선생님. 아기를 출산하고 조리원에서 2차 준비해서 합격한 수학 선생님. 학원을 경영하면서 돌싱맘으로 합격한 역사 선생님.

수많은 육아맘이 임용 공부 등 고시 공부에 도전했고, 합격했다. 이건 더 이상 기적도 아니고 특별한 일도 아니다. 합격과 불합격은 아이들 때문이 아니라, 나 때문이다. 많은 육아맘이 아이로 인해 공부하고, 아이에게 힘을 얻고 합격한다. '아이 때문'을 '아이 덕분'으로 바꾸는 것은 오롯이 엄마의 몫이다.

온 가족이 함께 달린 마지막 레이스

막판 스퍼트: 달리기나 경영 따위에서, 결승점이 얼마 남지 않은 지점에서부터 전속력을 냄. 또는 그런 일

2017년 공부를 다시 하던 해에는 막판 스퍼트에 실패했다. 당시 '가정의 여왕'이라는 전공 스터디를 했다. 그 해 '가정의 여왕' 스터디원 세 명 중에서 합격한 이는 J 선생님 단 한 명이었다. 2017년 여름에 우리가 처음 모였을 때, 스터디 구성원들의 실력은 비슷했다. 그런데 가을이 지나면서 점점 J 선생님과 나의 격차는 벌어졌고, 추석을 지나면서 본격적으로 한 명은 합격의 길로, 한 명은 불합격의 길로 들어섰다.

J 선생님이 나와 달리 합격한 이유는 하반기 공부에서 기출 문제 분석에 큰 비중을 두었기 때문이다. 그에 비해서 나는 기출 문제 분석보다 늘 그랬듯이 학원 강사에 의존하여 학원 문제 풀이와 모의고사에 집중했다. 정리해서 말하면 나는 기출 문제를 분석한 것이 아니라, 학원 문제를 분석했다. 지금 생각해도 정말 멍청하게 공부했다.

그와 더불어 나는 막판 스퍼트에도 실패했다. 공부든 운동이든 꾸준하게 자신의 속도를 유지하다가 결승점이 보이면 더 속도를 올리고 힘을 내야 한다. 중장거리 달리기 경기를 보면 우승권 선수들은 처음에는 속도를 내지 않고 자신의 페이스를 유지한다. 그 모습을 보고 있노라면, '어! 저러다가 뒤처지는 거 아냐? 저 사람이 우승 후보라고?'라는 생각이 들겠지만 뭐든 끝날 때까지 끝난 게 아니다. 마지막 한 바퀴를 남기고 종이 울리면 우승권 선수들이 다른 선수들을 제치고 쭉쭉 치고 나가는 모습을 자주 보았을 것이다. 그것이 막판 스퍼트다.

J 선생님과 내가 달리기 선수라면, J 선생님은 마지막 한 바퀴가 남았다는 종소리를 듣고 속도를 내면서 쭉쭉 치고 나아

가 우승한 선수다. 그에 비해 나는 종소리를 듣고 오히려 힘이 빠져서 다른 선수들이 치고 나가는 걸 뒤에서 바라만 보는 선수였다.

불합격했던 2017년에는 시험을 한 달 앞두고도 늘 그랬듯이 육아와 살림을 병행했다. 오히려 한 달을 남기고 그동안 축적된 피로로 인해서 방광염, 질염 등에 걸려서 병원을 매일 다녔다. 면역력이 약해서 그런지 감기약도 달고 살았다. 그렇게 몸이 아프니 공부에 대한 집중력도 떨어졌고, 병원 간다고 하루에 적어도 1시간 이상을 낭비했다. 이런 상황이 반복되는데 어떻게 합격하겠는가? 막판에 체력이 급격하게 떨어진 채로 페이스 조절에 실패한 나는 우승과 거리가 먼 그냥 뛰는 선수가 되었다.

그다음은 뻔한 결말이다. 나는 불합격했고, J 선생님은 우수한 성적으로 중등 임용 시험에 합격했다. 진심으로 축하해줬지만 정말 부러웠다. J 선생님의 합격을 지켜보면서 나와 남편은 같은 생각을 했다. 내가 J 선생님보다 부족한 점은 바로 막판 스퍼트였다. 이 막판 스퍼트는 참 중요하다. 임용 시험은 보통

1년의 기간이 필요한 긴 장정이다. 하지만 우리 기억력은 한 달이 최고치다. 이 중요한 한 달을 나는 그냥 힘없이 보냈다. 그것이 2017년 시험에 실패한 큰 원인이었다.

이것을 깨닫고 2018년을 준비했다. 2018년에도 어김없이 막판 스퍼트를 올려야 되는 시점이 다가왔다. 하지만 외려 2017년보다 더 좋지 않은 상황에 놓였다. 여름 무렵 돌발성 난청으로 공부를 그만뒀다가, 80여 일 앞두고 다시 공부한 상태였기 때문이다. 그로 인해 막판 스퍼트에 대한 고민을 많이 했지만, 남편에게 내가 먼저 어떻게 하자고 할 수는 없었다. 오히려 남편이 먼저 아이들을 친정이나 시가에 맡기자고 했다. 그 당시 친정엄마는 혼자서 가게를 운영 중이셔서, 아이들을 돌봐주시기 힘든 상황이었다.

그래서 남편은 시가에 말씀드렸고, 시가에서는 흔쾌히 아이들을 맡아주셨다. 시가에 애들을 보내고 나는 오롯이 공부만 생각하고 공부만 하기로 했다. 시가로 보낼 때도 아이들을 맡아주셔서 감사하다는 말씀을 전하고, 상황이 이러하니 매일 안부 전화를 드릴 수는 없다고 양해의 말씀을 드렸다. 시부모님은 아이들 걱정하지 말고 몸 챙기면서 공부만 하라고 하셨다.

지금 생각해도 참 감사하다.

그렇게 가족들의 도움으로 2018년에는 막판 스퍼트를 올릴 수 있었다. 아이들이 없는 2주 동안 공부에 몰입했다. 그렇게 가족들의 배려로 2주 동안은 매일 평균 12시간 이상씩 공부했다. 오히려 두 달간의 공부 시간보다 아이들을 맡긴 후 2주간의 공부 시간이 더 많았다. 그만큼 막판 스퍼트는 중요하다. 합격하던 해에 나는 가족들의 응원으로 마지막 종소리를 듣고 힘껏 달려서 결승선을 넘었다.

공부할 때만큼은
부잣집 사모님처럼 하라!

공부도 투자다. 공부할 때도 시간, 돈, 노력 등을 투자해야 한다. 고시에 해당하는 시험이 다 그렇듯 합격하면 돈이 안 아까운 시험이지만, 불합격할 경우 그 타격은 크다. 즉 기회비용이 크다. 그렇다고 이왕 시작한 시험을 돈이 아깝다고 투자를 적게 하면 오히려 손해다. 돈 아끼다가 합격 못하면 재수, 삼수

해야 하고 그러면 오히려 더 돈이 많이 든다. 공부하는 기간에는 과감하게 투자해서 단번에 합격하는 것이 훨씬 이득이다.

1년 동안 공부에 들어가는 비용은 합격 후 버는 연봉에 절반도 안 된다. 또한, 고시에 해당하는 시험에 합격하면 대부분은 60세까지 정년이 보장되는 안정된 직장에 다닐 수 있다. 나는 공부에 약 1년 6개월 동안 투자했고, 그 결과 20년이 넘는 시간 동안 안정적으로 돈을 벌 수 있다. 뒤늦게 합격했음에도 20년은 보장이 되어있다. 공무원이므로 퇴직 후에 연금도 받을 수 있다.

그러므로 공부는 투자 대비 창출되는 이익이 큰 편이다. 1년 투자해서 20년간 이익을 창출할 수 있는 투자처가 있다면 그 어느 누가 투자를 안 하겠는가? 물론, 공부하는 육아맘은 보통 외벌이 가정이라서 경제적으로 넉넉하지 않다. 그렇지만 조금만 더 궁리하면 생각보다 적은 비용으로 여유롭게 공부할 수 있다. 예를 들자면 스터디 카페 대신에 도서관을 이용하는 것이다. 내가 임용 공부하면서 1년 6개월간 들어간 비용을 대략 계산해보면 다음과 같다.

1. 인터넷 강의비 및 학원비

공부를 다시 시작한 첫해에 전공수업과 교육학 수업을 전부 수강했다. 가정과 과목은 학원 강사가 두 명이라서 시험을 다시 준비하는 첫해에는 두 강사의 전체 강좌를 모두 다 들었다. 그렇다고 해도 생각보다 비용이 많이 들지 않았다.

1) 전공 인터넷 강의비: 약 200만 원

2) 교육학 인터넷 강의비: 약 150만 원

첫해 공부할 때는 내가 부족하다는 생각에 이것저것 닥치는 대로 다 들었다. 하지만 다음 해에는 인터넷 강의는 거의 듣지 않고 독학했다. 기본 실력이 있으면 꼭 인터넷 강의를 듣지 않아도 된다. 오히려 인터넷 강의를 듣는 시간을 줄여서 혼자 공부하는 것이 더 효율적일 수 있다.

그러나 교육학은 혼자서 공부하기에는 양이 많아서 독학보다 강의를 듣는 것이 여러모로 유리해서 인터넷 강의를 들었다. 교육학은 비용을 절약하기 위해서 연초 패키지 강의를 신청해서 자유롭게 들었다.

2. 책값

각종 전공 서적은 꼭 필요하므로 사는 것이 좋다. 나의 경우

작은 소도시에서 공부했기 때문에 가정과 전공서가 있는 대학이 없었고, 대학 도서관을 이용할 시간과 체력도 없었다. 그래서 필요한 전공 서적은 모조리 다 샀다. 다만 새 책을 구매하기보다 임용 카페에서 중고로 전공 서적을 샀다. 물론 여기에는 다른 의견이 있을 수 있다. 공부도 트렌드인데 새 책을 안 사고 중고 책을 사는 건 아니라고. 하지만 새 책을 사는 것은 경제적으로 부담이 많이 된다. 적게는 20권 많게는 30권 이상을 사야하는데, 전공 서적은 저렴한 것이 15,000원 정도이다. 15,000원씩 30권만 사도 450,000원이다. 그래서 정말 오래된 책만 아니면 중고 책을 사서 공부했다.

중고 책은 주로 합격생에게 샀는데, 보통은 깨끗했다. 혹시 메모가 있더라도 합격생의 메모라서 공부에 도움이 된다. 그리고 책을 사면서 합격생에게 궁금한 점이 있으면 질문도 했다. 대부분은 친절하게 답변을 해주셨다. 이렇게 중고로 책을 사니 약 10만 원 정도로 필요한 전공 서적을 모두 구했다. 새로운 트렌드 또는 개정판에 새로 나오는 내용은 학원 강사님이 따로 챙겨주시기 때문에 중고 책으로 공부하더라도 큰 무리는 없었다. 그래도 불안하다면 새로 개정된 필독서만 새 책을 사는 것도 괜찮다.

또한, 합격 후에 전공 서적은 다시 팔면 된다. 경제적으로도 크게 손해 보는 것이 없다. 다만 나는 물건을 쟁여두는 병이 있어서 합격 후에도 전공 서적은 팔지 않고 소장하거나 스터디 후배에게 물려줬다.

3. 문구류

문구류에는 생각보다 큰 비용이 들지 않는다. 해봤자 노트와 필기도구 정도다. 물론 공부도 '장비 빨'이다. 그래서 문구류도 샤프든, 볼펜이든, 샤프심이든 최고급만 구매했다. 공부하는 데 필요한 장비인데 당연히 제일 비싸고 좋은 것만 사서 썼다. 좋은 필기구와 문구로 공부하면 훨씬 더 효율적으로 공부할 수 있다. 그렇게 사도 큰 비용이 들지 않는다. 말 그대로 문구류로 플렉스를 했다. 플렉스 했지만 1년에 10만 원 내외의 비교적 적은 비용만 들었다.

4. 독서실 비용

결론부터 이야기하면 내 독서실 비용은 0원이다. 요즘은 과거와 다르게 독서실 비용이 만만치 않게 든다. 한 달 독서실 비용만 수십만 원이다. 프리미엄 독서실, 관리형 독서실, 스터디 카폐 등 시설이 좋아지면서 비용이 올라갔다. 그 비용도 수험생 입장에서는 꽤 부담된다.

나는 운 좋게도 아파트 독서실을 이용할 수 있어서 독서실 비용은 전혀 들지 않았다. 혹시 아파트 단지 안에 무료로 이용할 수 있는 독서실이 있다면 강력하게 추천한다. 독서실 비용을 아낀 돈으로 내가 듣고 싶은 인터넷 강의를 듣거나 갖고 싶은 교재를 살 수 있다.

운 좋게도 공부하는 데 돈이 많이 들지 않았다. 공부하는데 가장 많은 돈이 들어가는 학원비도 합격하던 해에는 거의 들지 않았다. 기본 실력은 있다고 생각해서 강의를 거의 듣지 않았기 때문이다. 또한, 독서실은 아파트 단지 내에 독서실을 이용했기 때문에 무료였고, 교재는 중고 책을 박스째로 사서 돈이 많이 들지 않았다.

합격 후 남편에게 그 당시 내가 공부하는데 돈을 많이 썼냐고 물어봤더니 "너 민찬이 몇 달 교육비 정도로 1년 공부했어."라고 했다. 경제적인 것이 걱정된다면, 앞에서 알려준 방법처럼 돈을 아낄 방법을 궁리하고 활용하면 된다. 궁하면 방법은 있다. 또한, 합격하면 공부한다고 들어간 비용을 1~2달 월급으로 상쇄시킬 수 있다. 그러니 공부하는 데 투자를 아끼지 말고 들인 돈이 아깝지 않도록 공부하자. 다시 한번 강조하고 싶다. 공부에 돈 아끼지 말자.

인강을 들을까, 직강을 들을까
고민하는 육아맘들에게

육아맘이 강의를 듣는 방법은 보통의 임용고시생들과 달라야 한다. 계속 이야기하지만 엄마들의 공부는 특히 효율적이어야 한다. 즉, 육아맘은 최대한 효율적으로 강의를 들어야 한다. 육아맘은 아이를 키우고 살림을 같이해야 하므로 보통의 임용고시생들보다 시간을 최대한 아끼면서 공부해야 한다.

그런데 강의를 듣는 것은 생각보다 시간이 많이 소요된다. 대략 1강에 1시간 남짓 시간이 걸리므로 자칫 강의를 듣다가 하루를 보낼 수도 있다. 또한, 임용 고시는 전공과 교육학을 함께 봐야 하므로 전공과 교육학 강의 전부를 다 들으면 그만큼 더 많은 시간이 소요된다. 그러므로 육아맘은 강의를 듣는 방법을 각자의 상황에 맞게 현명하게 결정해서 들어야 한다.

  강의를 듣는 방법은 크게 두 가지가 있다. 하나는 직강이고 또 하나는 인강이다. 직강은 학원에 직접 가서 강의를 듣는 것이다. 한편 인강은 집이나 개인 공간에서 혼자서 컴퓨터로 인터넷 강의를 듣는 것이다. 상황과 개인 성향에 따라 직강으로 들을 것인지, 인강을 들을 것인지는 선택하면 된다.
  육아맘의 경우는 노량진에 살지 않는 한은 인강을 강력하게 추천한다. 직강을 들을 때의 여러 가지 장점들이 있지만, 이 장점은 인강을 들을 때의 장점을 이기지 못한다. 육아맘의 경우라면 말이다. 육아맘의 입장에서 인강의 장점을 정리하면 다음과 같다.

  1. 다시 듣기가 가능하다.
  2. 장소에 상관없이 들을 수 있다.
  3. 24시간 언제든 강의를 듣는 것이 가능하다.
  4. 강의를 듣기 위해서 이동할 필요가 없다.
  5. 배속을 높여서 들을 수 있어서 시간을 절약할 수 있다.

이런 인강의 장점은 육아맘에게 꼭 필요한 장점이다. 공부하는 육아맘은 시간과 체력이 부족하므로 이를 아낄 수 있는 공부 방법을 선택해야 한다. 그런 점을 고려한다면 공부하는 육아맘에게는 직강보다 인강이 더 알맞다.

인강은 특히 아이가 자고 있거나, 아이를 등원시킨 후 자유롭게 수업을 들을 수 있는 특장점이 있다. 배속을 높여서 듣는 것도 가능해서 시간도 절약할 수 있다. 심지어 아이가 블록놀이를 하거나 TV를 볼 때, 그 옆에서 엄마가 인강을 들을 수도 있다. 그만큼 시간을 효율적으로 사용할 수 있는 방법이다. 또한, 학원 가는 데 걸리는 이동시간이 필요 없으므로 시간 낭비, 체력낭비가 없고 교통비도 줄일 수 있다. 우리 육아맘에게는 최적의 환경이다. 이런 이유로 나도 직강을 듣지 않고 인강을 들었다.

맘시생의 식사 해결,
먹는 게 낙인 사람인데요

나는 주로 아파트 독서실에서 혼자 공부했다. 특히 낮에는 독서실에서 나 혼자 공부하는 경우가 많았다. 예민한 나에게는 좋은 공부 장소였다. 그런데 끼니를 해결하는 것이 문제였다. 점심을 먹으러 집으로 가면 나는 '함흥차사'가 되었다. 집안일이 눈에 보여서 이리저리 정리하거나, TV를 틀거나, 나도 모르게 누워서 시간을 보냈다. 그러면 2~3시간은 훌쩍 지나갔다. 그런 시간을 보내고 나면 스스로 자책했다. 집에 가서 뭘 먹으면 안 되겠다고 생각했다. 그래서 독서실에서 먹을 수 있는 간단한 먹거리를 궁리했다. 그중 몇 가지만 소개하겠다.

1. 고구마

삶은 고구마는 비교적 냄새도 적고 포만감이 있다. 아파트 독서실이라서 따로 휴게실이 없었다. 독서실 안에서 냄새는 적으면서 혼자 먹기 좋은 걸 찾다가 삶은 고구마를 발견했다. 도시락을 아파트 단지 내에 벤치에서 먹을 수도 있었지만, 보는 눈도 많았고 이래저래 말들이 도는 것도 싫었다. 독서실 안에서 간단하게 고구마를 먹는 것이 훨씬 마음이 편했다.

2. 김밥

김밥을 간혹 먹기도 했다. 맛도 좋고 포만감도 있어서 좋았지만, 냄새가 심한 음식이라서 먹는 장소가 문제였다. 아무리 독서실에 혼자 있더라도 김밥은 냄새가 강하므로 나중에라도 사람들이 오면 불쾌할 것 같았다.

그래서 부끄럽지만, 김밥을 먹을 땐 아파트 독서실 옆 화장실 칸에 들어가서 먹었다. 아파트 단지 안 벤치에서도 먹을 수도 있었지만 그러고 싶지 않았다. 보는 눈이 많아서 "민찬이 엄마가 혼자서 김밥 먹던데."라는 소리를 듣는 게 싫었다. 그러면 또 부연 설명을 해야 하고, 또 남들 눈에 불쌍하게 보이는 것도 너무 싫었다. 그래서 아무도 없는 화장실 칸에 들어가서 얼른 먹었다. 화장실은 다행히 깨끗했고 대부분 아무도 없었다. 지금 상상해보면 참 불쌍한 장면이지만, 합격했으니 이것도 추억이다. 울면서 김밥을 먹진 않았지만, 그런 힘든 시간이 있었기에 나의 노력이 더 빛났다고 생각한다.

3. 커피

커피를 처음에는 보온병에 넣어서 들고 갔다. 그런데 홀짝거리는 소리가 나니 이것도 신경이 쓰였다. 그래서 빠르게 먹을 수 있는 컵 커피를 사서 먹었다. 컵 커피는 들고 다니기에도 간편하고 빨대로 먹는 것이라서 먹기 편하다. 커피 마시는 소리도 신경을 쓰는 예민한 나에게 딱 맞는 커피다.

4. 편의점 도시락

점심을 대충 때우면 배가 고파서 공부가 도저히 안 되는 날이 있다. 그런 날은 특식처럼 아파트 단지 내에 편의점에 가서 도시락을 사 먹었다. 다행히 그 편의점은 다양한 도시락이 많았다. 주변에 공사장이 많아서, 공사장 인부들을 위한 도시락을 많이 팔았기 때문이다. 다양한 도시락 중 마음에 드는 도시락과 컵라면을 사서 집으로 올라가서 얼른 먹기도 했다.

집에 밥도 있고 반찬도 있었다. 그러나 집밥을 먹으면 밥상을 차리는 시간, 치우는 시간이 발생한다. 그래서 도시락을 주로 먹었다. 남편은 나중에 내가 도시락 사 먹는 걸 알고, 다른 사람이 보면 백수인 줄 알겠다고 혀를 끌끌 찼다. 오래된 허름한 잠바를 입고 도시락을 사 먹으니 그렇게 생각할 수도 있겠다. 그렇게 허겁지겁 점심을 먹고 다시 독서실로 향했다. 지금은 편의점 도시락을 사 먹진 않지만, 그때 편의점 도시락은 나에게 작은 힐링이자, 나에게 주는 작은 선물이었다.

공부 장소 정하기
'공부맘삼천지교'

공부하기로 결정했다면 공부 장소도 결정해야 한다. 공부 장소는 다양하다. 도서관, 독서실, 스터디 카페, 자기 방 등 각자의 상황에 따라 공부 장소도 다르다. 심지어는 같은 도서관 안에서도 어떤 이는 벽을 뒤로 보는 구석 자리를 좋아하고, 어떤 이는 창 쪽 자리를 좋아한다. 이렇게 개인의 성향에 따라 공부 장소는 달라질 수 있다. 공부 장소는 좋은 곳과 나쁜 곳이 없고, 자신에게 적합하고 선호하는 곳만 있을 뿐이다. 각자의 상황과 성향에 맞게 공부 장소를 정하고 이 장소에서 꾸준하게 공부하는 것이 중요하다. 물론 공부 장소를 정하기까지는 여러 가지 시도를 해보는 것이 좋다.

처음 공부를 다시 시작했을 때는 집 안 거실 식탁에서 했다. 당시 둘째 민준이가 27개월로 가정 보육 중이었기 때문이었다. 민준이를 맡길 곳도 없었고, 맡길 사람도 없었다. 그래서 어쩔 수 없이 민준이에게 거실 티브이로 '타요'나 '뽀로로'를 보여주고 나는 민준이와 함께 거실 식탁에서 공부했다.

육아맘은 알겠지만, 집처럼 공부가 안되는 공간은 없다. 남편이 아이들을 돌봐도, 엄마인 나는 엄마라는 이유로 오롯이 공부에만 집중하기가 힘들다. 방문을 잠그고 공부하고 있어도 "엄마! 똥 쌌었어요.", "엄마! 뭐해요? 엄마, 나랑 놀아요. 엄마 보고 싶어요.", "여보! 민찬이 보던 영어책 어디에 있지?"와 같은 말들이 들려온다. 집 안에 엄마가 있으니 당연한 일이다. 아무리 방문을 잠그고 공부해도 남편도 아이들도 나를 끊임없이 찾았다. 조금 과장하자면 남편과 아이들은 5분 단위로 나를 찾았다. 이렇게 집에서 공부하는 건 실패로 끝났다.

다음 공부 장소는 스터디 카페였다. 스터디 카페는 시설이 쾌적했다. 소음도 적고, 시설도 깨끗하고, 내가 좋아하는 커피도 무한 리필이 가능해서 수시로 마음껏 마실 수 있었다. 그러나 이용하는 비용이 많이 들고, 집에서 꽤 멀었다. 멀다 보니 자꾸 게을러져서 가지 않게 되었다(다시 이야기하지만, 나는 꽤 게으른 편이다). 그렇게 스터디 카페에서 공부하는 것도 실패로 끝났다.

 마지막으로 찾은 장소가 아파트 단지 내 독서실이었다. 아파트 단지 내에 있는 독서실은 문을 연 지 얼마 되지 않아 깨끗하고 쾌적했다. 아파트 입주민은 무료로 이용을 할 수 있어서 비용도 전혀 들지 않았다. 또한, 집에서 가장 가까운 곳이라서 좋았다. 아이를 키우면서 공부하는 엄마에게 안성맞춤이었다. 이보다 더 좋을 순 없었다. 집에서부터 걸어서 5분도 채 걷지 않아도 되는 곳에 있는 독서실. 게으른 나에게는 딱 맞는 장소였다. 결국 아파트 단지 내에 독서실을 나의 공부 장소로 최종 선택했다.

 맹모삼천지교는 맹자의 어머니가 자식을 위해 묘지 옆, 시장 옆, 서당 옆으로 세 번 이사했다는 뜻이다. 나는 임용 공부를 위해 집, 스터디 카페, 아파트 단지 내 독서실로 세 번 장소를 바꿨다. 맹자의 어머니는 맹자의 공부를 위해서 세 번의 이사를 했고, 나는 우리 민찬이, 민준이를 위해서 공부 장소를 세 번 옮겼다. 진정한 '공부맘삼천지교'이다.

영감님 왈, 절대 합격 못해요

고시생이라면, 한 번쯤은 점을 보러 간 경험이 있을 것이다. 본인이 아니라면, 가족이라도. 나도 20대에 스터디원들과 점 보러 여러 곳을 다녔다. 팔공산 암자, 상인동 무당집, 동성로 타로 집 등 여러 곳을 전전했다. "합격하실 거예요." 이 말을 듣기 위해서 계속 다녔지만, 불행히도 그 말은 듣지 못했다.

첫 시험에 낙방한 어느 날, 지역 내에 가장 유명한 점집을 찾아갔다. 막상 다시 공부를 시작하려니 막막했고, 또 불합격하면 어쩌나 하는 걱정도 많았다. 워낙 유명한 점집이라서 오전 일찍 갔지만, 벌써 대기실 같은 쪽방에는 많은 이들이 먼저 자리를 잡고 있었다.

약 1시간을 기다려서 점을 보러 방으로 들어갔다. 거기에는 황금 옷을 입은 영감님이 계셨다. 영감님은 나보고 생년월일을 대라고 하시고는 나의 과거, 현재, 미래를 이야기하셨다. 그런데 중요한 공부 이야기는 빠져있었다. 하긴 30대 후반에 아줌마가 공부 때문에 점사를 보러 왔을 거라는 건 상상도 못 했을 것이다.

"실은 제가 공부를 하고 있어요. 시험에 합격할 수 있을까요?"
"보살님, 지금 애도 둘이나 있는데 무슨 시험을 준비해요?"
"아! 임용 고시요."
그 말이 떨어지자, 점사 보시는 영감님은 황당해하시더니
"보살님, 그 시험 절대 안 돼요. 집에서 주부로 지내는 팔자예요. 안 되는 걸 억지로 하면 안 돼요."라고 단호하게 이야기하셨다.

그렇게 점사를 보고 집으로 오니 허탈한 마음이 들었다. 믿었던 점집에서도 불합격 소식을 듣다니, '나는 정말 안 되는구나.'라고 생각하며 한참을 울었다. 스터디 동생들에게 점집에서 있었던 일을 이야기하니 믿을 게 못 된다며 달래주었지만, 참 속상했다. 어차피 정해진 답을 들으러 간 거였는데, 정해진 답을

듣지 못해서 그 후 한 달 동안은 속상하게 지냈다.

독자들은 이미 알겠지만, 나는 그 점집에서 안 된다는 소리를 들은 그해 임용 고시에 최종 합격했다. 신규교사연수원에서 합격 동기들과도 점 이야기를 했다. 대부분 한 번은 점집을 갔다고 했다. 재밌게도 점집에서 맞추는 경우도 있었지만, 나처럼 불합격한다고 했는데 합격한 경우도 많았다.

공부하는 육아맘에게 이런 이야기를 해주고 싶다. 불안한 마음에 점을 보러 가는 건 개인의 선택이니 괜찮다. 그러나 그 어떤 이야기를 듣고도 멘탈이 흔들려서는 안 된다. 불합격한다고 이야기를 들으면 공부 의지가 약해질 것이고, 합격한다고 이야기를 들으면 공부긴장감이 없어질 수도 있다. 그러므로 점집에서 하는 그 어떤 말에도 멘탈이 흔들리지 않을 자신이 있는 경우에만 점을 보러 가길 바란다. 미래는 내가 만드는 것이다. 어차피 내가 만들 미래, 점집에 의지하지 말고 지금을 충실하게 보내자.

지역 선택의 중요성,
합격할 사람은 어디든 합격한다고? 정말 그럴까?

가티오가 나오면 가정과 임용 카페가 들썩거린다. 생각보다 티오가 적어도, 생각보다 티오가 많아도 걱정한다. 가정과는 고맙게도 티오가 매년 적당하게 나온다. 전국에서 150명 전후로 티오가 나오고, 경쟁률이 지역마다 다르지만 약 10:1 전후다. 10명 중의 1명이라고 하면 경쟁률이 높다고도 볼 수 있지만, 국·영·수 과목에 비하면 낮은 편이다. 다만 가정교육과가 있는 대학이 있는 지역, 2차가 무난한 지역, 광역시는 경쟁률이 매년 다른 지역보다 높다.

20대에 시험을 준비할 땐 지역 선택도 가볍게 생각했다. '합격할 사람은 어디서든 합격한다.'라는 말을 곧이곧대로 믿었다. 그 말은 거짓말이었다. 합격할 점수지만, 지역을 잘못 선택해서 장수생의 길로 접어들 수도 있고, 과락을 겨우 면하는 실력이지만 그해 지역을 잘 써서 신규교사의 길로 접어들 수도 있다. 그만큼 지역 선택은 정말 중요하다.

경상도에서 태어났고, 경상도에서 자랐고, 경상도에서 학교를 졸업했다. 그래서 20대에 임용 시험 응시지역은 당연하게 경남, 울산, 경북 등 경상도 지역이었다. 다시 과거로 돌아갈 수 있다면 나는 과감하게 다른 지역도 도전할 것이다. 20대에 임용 고시를 칠 때는 경기도는 한자 시험이 있었다. 그래서 티오가 많았음에도 응시지역으로 고려하지도 않았다. 한자도 싫었고, 귀찮은 것이 싫었다. 또 '내가 무슨 경기도로 가냐?', '경기도 아니라도 합격하겠지.'라는 생각이 컸다. 그러나 그때 한자를 공부했어야 했다. 당시 경기도에 티오가 많았고, 경쟁률도 낮았기 때문이다. 지금 생각해봐도 지역을 한정해서 응시지역을 고집한 건 두고두고 후회할 행동이었다.

임용 시험의 합격을 위해서는 수단과 방법을 가리지 말았어야 했다. 그때 내 마음은 마냥 '쉽게 합격하겠지.'였다. 학점이 줄곧 4점대였고, 조기 졸업을 했다는 게 그 이유였다. 하지만 임용 시험 합격은 학벌이나 학점과는 상관관계가 적다. 임용 시험 공부를 열심히 한 사람이 합격하는 시험이다. 또한 지역을 선택할 때 2차 시험도 고려해야 한다. '1차만 합격하면 2차는 잘 되겠지.'라는 생각은 굉장히 위험하다. 우리의 목표는 1차 합격이 아니라 최종 합격이다. 지역을 선택할 때 2차 시험도 고려하라는 말이 1차 시험을 치기 전에는 와 닿지 않는다. 그러나 1차 합격을 하고 2차 시험을 준비하면서는 뼈저리게 느낀다.

1차 시험에 합격하고 2차 시험을 준비할 때 내가 평가원 지역인 게 두고두고 다행이라고 생각했다. 30대 후반에 가까운 애가 둘인 아줌마가 2차를 준비하는 건 1차만큼 힘들다. 그러므로 2차가 무난한 지역을 추천한다. 2차가 무난해야 심리적으로도 덜 힘들고, 관련된 자료도 많고, 스터디를 구하기도 쉽다.

합격자가 아니면 합격후보자가 아니라 불합격자가 되는 무서운 시험이다. 모든 힘을 동원해서 합격해야 한다. 지역 선택은 각자의 선택이지만 나같은 장수생, 합격을 간절히 원하는 공부하는 육아맘은 한 곳만 보지 말고 유연한 사고를 갖고 응시지역을 선택했으면 좋겠다.

※티오: 뽑는 인원, 정원

원서를 쓰고 나서 할 일,
당분간 신경 스위치는 꺼두도록 하자

10월 말이 되면 임용 시험 원서를 쓴다. 이 시기가 되면 임용 카페도 어수선하다. 누가 어디를 썼다. 고수들은 저기로 간다더라. 그런 글들에 당연히 휩쓸릴 수밖에 없지만, 되도록 신경 쓰지 않는 것이 좋다. 원서를 썼다면 신경을 꺼도 된다. 신경을 꺼도 되는 이유는 다음과 같다.

1. 최종합격자가 될 실력이면 어느 지역이든 1차 커트라인은 무난히 통과한다

1차 합격 후 점수를 보니, 내 점수로는 전국 어디든 거의 다 갈 수 있는 점수였다(서울 및 일부 광역시는 가기 힘들었지만). 즉, 최종 합격할 만큼의 실력을 갖추고 있다면 1차 임용 시험은 어느 지역이든 붙을 가능성이 크다. 실력자는 어느 지역이든 1차 합격은 충분히 가능하다.

2. 경쟁률이 낮아도 커트라인 점수는 높을 수 있다

2017년에 임용 시험 칠 때 내가 응시한 지역은 다른 지역에 비해 경쟁률이 굉장히 낮았다. 그러나 그 지역의 1차 커트라인 점수는 다른 지역에 비해서 상당히 높았다. 결국 시험 결과는 뚜껑을 열어봐야 안다. 어차피 뚜껑을 열어봐야 알기 때문에 경쟁률이 높다고 좌절할 필요도 없고, 경쟁률이 낮다고 좋아할 필요가 없다. 최종합격자 즉 고수들은 경쟁률로 일희일비하지 않는다. 나 또한 원서를 쓰고 나면 매번 안절부절못하는 스타일이었다. 하지만 합격하던 해에는 비교적 담담하게 이 시기를 보냈다.

3. 고수들은 첫날 쓴다?

그렇지 않다. 나도 뭣 모를 때는 그런 줄 알았다. 그러나 합격하고 신규교사 연수원에 가보니 의외로 마지막 날 원서를 낸 합격자가 많았다. 나도 고민하다가 마지막 날 원서를 냈다. 고수들도 지역을 선택할 때 고민을 많이 한다. 미리 지역을 정했어도 마지막 날 경쟁률을 보고 최종적으로 원서를 냈다고 했다. 그러니 첫날 경쟁률이 낮다고 희망 회로를 돌릴 필요도 없고 첫날 경쟁률이 높다고 미리 겁먹을 필요도 없다.

4. 1차 커트라인 점수는 낮아도 최종 커트라인 점수는 전국

적으로 비슷하다

1차 커트라인 점수만 보고 "아! 저 지역 칠걸. 그랬으면 합격인데." 하는 임용고시생을 많이 볼 수 있다. 나 또한 그랬다. '저 지역으로 갔어야 했는데, 나는 정말 운이 없나 봐.' 하는 생각을 종종 했다. 그러나 합격하고 보니 1차 커트라인 점수가 낮은 지역이라고 나한테 꼭 유리한 건 아니다. 어떤 지역의 1차 커트라인 점수가 다른 지역보다 말이 안 되게 낮더라도 최종 커트 라인 점수는 높을 수 있다.

○○ 지역은 2017년에 유독 1차 커트라인 점수가 낮았던 지역이었지만, 그 커트라인 점수 바로 위에 있는 사람의 점수는 꽤 높았다고 한다. 오히려 커트라인 점수 바로 위에 있는 사람의 점수가 다른 지역의 1차 커트라인 점수보다 훨씬 높았다는 소름 끼치는 소리도 들었다. 임용 시험은 1차와 2차가 합산되어 최종 합격이 결정되므로 1차를 무시할 수 없다. 간혹 1차 커트 라인 점수로 최종 합격을 결정하는 경우가 있기는 하지만, 대부분은 정원의 1배수 전후에서 최종 합격이 결정된다. 그러므로 1차 커트라인 점수만 보고 자신이 선택한 지역에 관해서 두고두고 후회할 이유가 없다. 그건 스스로 자기 자신을 괴롭히는 일이다.

그러므로 이 시기에는 내가 선택한 지역에 너무 마음을 두지 말고 담담한 자세로 마무리해야 한다. 올림픽에서도 자신이 이긴 줄 알고 경기를 대충 마무리하다가 메달을 놓치는 선수를 간혹 볼 수 있다. 또 자신이 이길 거라는 걸 아무도 예상 못 했지만, 끝까지 최선을 다해서 메달을 거는 선수도 있다. 이런 점은 시험과 비슷하다. 물론 기본 실력의 차이는 있을 수 있지만 한 달을 어떻게 보내느냐에 따라서 당락이 달라질 수 있다. 그러므로 원서를 쓰고 난 남은 한 달은 한 글자라도 더 보고 시험장에 가겠다는 마음으로 앞만 보고 공부에만 정성을 쏟아라.

4장

실전!
우리 엄마의
공부 노하우/
1차
필기시험

이해하기 어렵겠지만,
공부 방법도 공부가 필요하다

공부를 본격적으로 시작하기 전에 반드시 해야 하는 일이 있다. 바로 '공부 방법'을 공부하는 것이다. 20대에 임용 고시 공부를 할 때는 공부 방법이 시험의 당락을 결정하는지 몰랐다. 본격적인 공부를 시작하기 전에 공부 방법을 철저하게 공부하고 많은 연구도 해야 한다. 라면을 끓일 때도 라면 봉지 뒷면에 있는 조리 방법을 자세하게 보고 끓여야 실패하지 않는다. 라면 끓이는 방법도 이런데 하물며 공부 방법을 공부하는 것은 당연하지 않을까?

10대, 20대에는 공부 방법의 중요성을 몰랐고, 공부 방법을 알려고 하지 않았다. 스스로 공부를 꽤 잘한다고 생각했기 때문이다. 초·중·고 시절, 공부를 안 해도 늘 반에서 5등 안팎이었다. 확실히 공부량에 비해서 공부를 잘했다. 이런 이유로 내 공부 방법에 문제가 있다는 걸 인식하지 못한 상태로 임용 시험만 계속 쳤고 계속 불합격했다. 너무 어렸고, 무지했었다. 지금 알았던 걸 그때 알았으면 좋았겠지만, 지금이라도 안 것도 천만다행이다.

다시 공부를 시작할 때 공부 방법을 공부해야겠다고 생각했다. 공부를 본격적으로 하기 전에 공부 방법부터 공부했다. 공부 방법을 접하는 것이 요즘은 어렵지 않다. SNS, 유튜브 등에 각종 공부 방법이 많기 때문이다. 여기에 공부 관련 책도 수를 셀 수 없을 정도로 많다. 그런 정보 중에서 나에게 맞는 걸 선택하면 된다. 내가 공부한 공부 방법은 다음과 같다.

1. 임용 카페에 가서 합격 수기를 수백 개 읽었다

합격 수기는 합격생이 자신의 합격 노하우를 적은 글이다. 다시 말해 합격 수기는 합격하기 위한 가장 안전하고 확실한 방법을 적은 것이라 할 수 있다. 나에게 가장 필요한 합격 수기는 나와 비슷한 상황에 있는 최근 합격생의 합격 수기다. 그러나 육아맘의 경우 똑같은 상황의 합격 수기를 찾기란 어렵다. 그렇다면 일단 올해 합격생의 최신 합격 수기라도 읽어라. 시험도 트렌드가 있다. 시험 트렌드에 맞는 공부 방법을 따라 할 필요가 있다.

최신 합격 수기부터 순차적으로 읽고, 나에게 맞는 공부법을 선택해서 활용하면 된다. 나는 가정과 카페의 합격 수기 3년 치를 정독하고, 심지어 타 교과의 합격 수기도 정독했다. 타교과 임용 카페에서 '육아맘 합격생'이라는 키워드로 검색해서 찾아 읽었다. 이렇게 읽었더니, 내가 어떻게 공부할지 큰 흐름은 나왔다.

또한, 합격 수기를 읽으면서 공부 자극도 많이 받았다. 이혼하고 애 셋을 키우면서 합격한 선생님도 계셨고, 백일이 갓 지난 아기를 모유 수유하면서 합격한 선생님도 계셨다. 이 선생님들도 길고 힘든 수험생활 끝에 합격하셨다. 나보다 더 어려운 상황에서도 합격하는데 '공부 못 하겠다.'라고 하는 건 핑계다.

이렇게 합격 수기만 수백 개를 읽고 그중 피가 되고 살이 되는 노하우는 따로 문서 파일로 정리했다. 합격 수기를 정리한 책만큼 좋은 책이 어디에 있겠는가? 만약 공부가 처음이거나 오랜만에 공부하는 거라서 막막하다면, 합격 수기를 수십 개 읽고 정리하는 것을 추천한다.

2. 공부하는 방법에 관한 책을 수십 권 읽었다

공부하는 방법에 관한 책은 정말 많다. 그 책을 다 사서 읽는 건 경제적으로 부담이 된다. 하지만, 방법은 있다. 가까운 도서관에 가서 '공부 방법', '고시' 관련 책을 열람하면 된다.

공부를 다시 해야겠다고 마음먹고서는 공부 방법에 관한 책을 수십 권 쌓아놓고 봤다. 목차를 보고 일단 내게 필요한 공부 방법만 찾아서 봤다. 특히 도움이 되는 부분은 노트에 따로 받아적었다. 어떤 책은 단 한 줄만 건질 때도 있다. 그렇지만 그 한 줄이 나의 인생을 바꿀 수 있다. 이런 식으로 발췌독을 하면 하루에 수십 권을 읽는 것도 가능하다.

이렇게 공부 방법 책을 읽던 중 보물과 같은 책을 발견했다. 바로 최규호 변호사님의『불합격을 피하는 법』이다. 이 책은 도서관에서 읽다가 소장 가치가 높아서 바로 그 자리에서 인터넷으로 주문했다. 그 정도로 고시생에게는 필독서이다. 책을 읽으면서 '아! 내가 이 책을 왜 이제야 발견했지!' 하며 한탄했다. 그 책에는 이런 문장이 적혀있었다. '고시 공부는 실력을 쌓기 위해서가 아니라 시험을 잘 치기 위해서 하는 것이다.' 내 머리를 탁하고 치는 문장이었다. 20대에 임용 고시를 공부할 때는 시험에 합격하기 위한 공부가 아니라 학문을 공부하듯이 공부했다. 그러나 임용 고시 공부의 목적은 합격이다. 그렇다면 분명 공부 방법도 달라야 한다.

3. 유튜브, SNS를 활용했다

가끔 공부가 하기 싫거나 몸 상태가 안 좋아서 누워만 있고 싶을 때가 있다. 그럴 때 유튜브나 인스타를 보면서 시간을 보낼 때도 임용 고시와 관련된 영상과 글을 봤다.

그러다가 우연히 찾은 전효진 강사님의 영상은 나에게 엄청난 공부 자극제가 되었다. 전효진 강사님은 가난한 집에서 태어났지만, 인생을 바꾸기 위해 아니, 생존하기 위해서 공부하셨다. 자고 먹는 시간 빼고는 공부만 했단다. 내가 공부를 안 하면 우리 엄마는 한 번 앉지도 못하고 몇 시간을 서 있는 캐셔를 그만두지 못한다고 생각했단다. 그래서 이러다 죽을 수도 있겠다 싶을 정도로 공부하셨다. 심지어 공부 시간을 확보하기 위해서 집에 와서는 미리 씻고 옷을 입고 가방을 다 챙겨서 옆에 둔 채로 잤다고 했다. 아침 알람이 울리면 바로 뛰쳐나가서 버스를 타고 도서관에 가기 위함인 것이다.

그 글을 읽고 정말 부끄러웠다. 20대에 나는 공부를 열심히 했는데도 불합격했다고 생각했다. 열심히 공부했는데도 왜 불합격일까로 세상을 원망하고 또 원망했다. 그러나 나는 전효진 강사님만큼 공부한 적이 단 한 번도 없었다. 이렇게 유튜브나 SNS 영상으로 공부 방법도 많이 배웠고, 공부 자극도 받았다.

4. 합격한 지인에게 조언을 얻었다

뒤늦게 임용 공부를 다시 시작했기 때문에 주변에 합격한 지인이 없었다. 이미 합격한 친구들은 10년 전 합격자라서 친구들에게 얻을 조언은 많지 않다고 판단했다.

그래서 최근에 합격한 스터디원이었던 J 선생님에게 주로 물었다. 아주 사소한 것부터 중요한 것까지 상세하게 물었다. J 선생님은 최선을 다해서 도와주셨다. 1년 먼저 합격한 선배인 J 선생님의 조언을 들으니 궁금한 점이 많이 해소되었고, 마음의 안정도 얻을 수 있었다. 이렇게 먼저 합격한 지인이 있다면 자존심은 내려놓고 조언을 구하는 것이 많은 도움이 된다.

합격자는 하늘에서 내린다고 하더니, 수험생활 동안 우연히 접했던 책, 우연히 만난 사람, 우연히 접했던 유튜브 등을 통해 공부 방법을 배웠고 나 또한 최종 합격을 했다. 우연들이 모여 합격이라는 필연이 된 것이다. 지금 우연히 이 책을 읽고 있는 독자들도 나의 작은 조언으로 합격이라는 필연을 만들길 바란다.

맘시생, 너는 계획이 다 있구나

1980~1990년대에 초등학교를 다닌 사람은 기억할 것이다. 방학이 시작되면 동그라미 모양의 생활계획표를 작성했다. 호기롭게 작성한 계획표는 보통 3일 정도 유효하다. 그리곤 어느새 생활계획표는 머릿속 이상에 그치고 만다. 결국은 방학 전날 부랴부랴 방학 숙제를 몰아서 한 경험, 다들 있을 것이다. 어쨌든 중요한 건 이렇게 초등학생들도 방학을 잘 보내려고 계획표를 작성한다는 것이다.

이처럼 우린 어릴 때부터 무슨 일이든 계획을 잘 세우고 꾸준히 실천해야 목표를 달성할 수 있다고 배웠다. 임용 시험은 '고시'다. 말 그대로 '고시'이므로 공부할 양이 많고 내용도 어렵다. 이런 시험에 합격하기 위해서 계획은 필수다. 처음 임용 공부를 다시 시작할 때는 공부 계획을 세우는 것도 막연하고 어려웠다. 또 늦은 봄부터 본격적으로 시작한 공부라서 이미 남들보다 늦었다고 생각했다. 그러나 공부 계획은 누구를 따라 할 필요 없이 자신의 페이스대로 세우면 된다.

예를 들면 나는 아직도 전공서를 1회독 중인데, 다른 임용 고시생들은 벌써 문제 풀이를 하고 있으면 조바심이 난다. 조바심이 나면 지금 하는 공부에 집중하기가 힘들다. 조바심으로 이것저것 손대다가 공부는 공부대로 못 한다. 그러므로 나의 상황에 맞추어서 계획을 세우고 꾸준히 실행하면 된다. 이렇게 이야기해도 공부 계획을 세우는 것은 어렵다.

초수에게 공부 계획을 세우는 가장 손쉬운 방법은 학원의 전공 강의 커리큘럼을 따라가는 것이다. 매해 초 임용 학원에서 전공 강의 커리큘럼이 제시된다. 제시된 전공 강의 커리큘럼을 자연스럽게 따라가면 시험 준비에 부족하지 않게 따라갈 수 있다. 나 또한 첫해에는 학원 강의 커리큘럼을 따랐다. 그런데 나는 늦게 시작했기 때문에, 학원 커리큘럼을 따라가려니 버거웠다. 시험 칠 때까지 커리큘럼을 따라잡는다고 힘들었다. 그러므로 초수라면 학원 커리큘럼을 따라가되 자신의 상황에 맞게 융통성 있는 계획을 세우는 것이 좋겠다.

불합격 후 다음 해에 공부 계획을 세울 때는 임용 학원에 커리큘럼을 따르지 않고 나만의 공부 계획을 세웠다. 나만의 계획을 세울 때, 합격자 수기를 먼저 꼼꼼하게 읽고 그 수기를 참고해서 계획을 세웠다. 나만의 계획을 세우더라도 다른 수험생들과 너무 동떨어지게 세우는 것은 좋지 않다. 필요한 스터디를 구하기가 힘들기 때문이다. 나는 문제 풀이를 하고 있는데 다른 수험생은 모의고사를 풀고 있다면 스터디원을 구하기가 힘들다. 대략의 큰 계획은 다른 수험생과 비슷하게 가는 것이 좋다.

또한, 공부 계획에 너무 집착하지 마라. 한 번 세운 공부 계획을 무조건 지켜야 한다는 생각에 집착하면 스트레스를 받는다. 계획을 지키지 못했다는 스트레스로 오히려 공부에 집중하기가 어렵고 자책으로 인해 자신감을 잃을 수 있다. 공부 계획은 완성형이 아니라 진행형이다. 계획을 멋지게 세웠지만, 잘 안 된다면 더 열심히 노력하거나 계획을 수정하면 된다. 육아맘은 주어진 상황이 일반 임용 고시생과 다르므로 더 많은 시간을 공부에 쓰는 건 현실적으로 힘들다. 이럴 때는 그때그때 상황에 맞추어서 계획을 수정하면 된다. 나는 수석이나 차석 합격에 목표를 두지 않고 문을 닫고 들어가는 합격자가 되는 것을 목표로 세웠다. 이렇게 육아맘은 과한 계획을 세우기보다 무리하지 않는 계획을 세워서 꾸준히 지키는 것이 더 낫다.

계획대로 공부가 되면 얼마나 좋겠는가? 그러나 계획대로 되기란 어렵다. 특히 육아맘은 더 어렵다. 갑자기 아이가 아파서 입원할 수도 있고, 시가에 행사가 있을 수도 있고, 부모님이 편찮으실 수도 있다. 나 또한 2018년 6월에 돌발성 난청이 와서 공부를 100일 이상 못했다. 그런 돌발 상황이 생겨서 계획대로 못했다고 자책하지 말자. 지금, 이 순간 최선을 다하는 것이 합격에 더 도움이 된다.

기출 문제를 우리 아이 얼굴 보듯이

1990년대에 중학생이었던 사람은 알 것이다. 1990년대 중반 쯤에 유명한 영어책이 있었다. 『그물로 잡는 영어』. 나 역시 이 책만 있으면 영어를 잘할 수 있다는 친구의 말에 덥석 책을 샀다. 『그물로 잡는 영어』는 당시 획기적인 책이었다. 꼬리에 꼬리를 물고 자연스럽게 영어단어를 외울 수 있도록 구성된 책이었다. 영어에 관심이 없어서 보다가 말았지만, 지금 생각해 보니 『그물로 잡는 영어』는 수험생이 기출 문제를 분석하는 것과 비슷하다. 그물로 물고기를 잡듯 핵심 요소를 기준으로 꼬리에 꼬리를 물어 기출 문제를 잡는 것이다. 이렇게 다 잡으면 어부가 만선을 하듯이 임용 고시에 합격할 수 있다.

20대에 공부할 때는 바보 같은 생각을 했다. 전공 강사님과 합격자들이 계속해서 '기출 문제 봐라!' 또는 '기출 문제 분석해라!'라고 이야기하면 나는 '왜 이미 출제된 문제를 보라고 하지?, 답을 외우라고 하는 건가?, 아니면 출제된 문제는 이제 안 나오니까 보라고 하는 건가?'라는 아주 어리석은 생각을 했다.

임용 고시 재도전 중 합격 수기를 읽으면서 비로소 깨달았다. 기출 문제 분석은 기본 중의 기본이다. 기출 문제는 말이 기출 문제이지, 알고 보면 기출 문제는 예상 문제와 같다고 볼 수 있다. 물론 기출 문제와 완전히 똑같은 문제가 나오지는 않을 것이다. 그러나 기출 문제를 토대로 올해의 문제가 나온다. 그 이유는 다음과 같다.

1. 전공에서 중요개념은 세월이 흘러도 변하지 않는다

물론 전공의 지식은 조금씩 바뀌지만 큰 줄기는 변하지 않는다. 간혹 중학교 때 가정 선생님께서 설명해주신 중요한 부분을 요즘 교과서에서 다시 보곤 한다. 몇십 년이 지났지만, 중요한 개념은 바뀌지 않고 계속된다는 걸 알 수 있다.

2. 기출 문제 출제자가 올해 문제 출제자가 될 수도 있다

기존의 출제자가 다시 출제자가 되는 경우도 많기 때문이다. 교수님들은 여러 분야를 두루두루 가르치는 교사와 달리 특정한 자기 분야에서 최고인 사람들이다. 즉 특정한 자기 분야에 문제를 반복적으로 출제할 확률이 높다. 예를 들면 문제를 내시는 교수님이 가족 상담이 전공이라면 가족 상담에서 문제가 나올 확률이 높다는 것이다.

3. 출제자 입장에서 기출 문제를 변형하는 것이 부담이 적다

임용 시험 같은 중요한 시험에서 기출 문제와 완전히 벗어난 문제를 내기란 상당히 부담스러울 것이다. 생뚱맞게 낸다면 시험을 치른 수험생들의 민원이 많을 것이다. 그런데 기출 문제와 유사하다면 문제의 질에 대한 수험생의 민원이 적을 것이다. 이러한 이유로 기출 문제는 매년 비슷하게 다시 출제된다. 어느 해든지 올해의 문제는 기출 문제를 토대로 만들어진다.

실제로 내가 합격하던 2019년 임용 고시 문제는 굉장히 어려웠다. 가정 임용고시생들이 2019년 임용 고시 문제가 역대급으로 어려워서 힘듦을 호소했다. 그러나 나는 어려운 걸 체감하지 못했다. 왜냐면 기출 문제를 탄탄히 다져놓았기 때문이다. 다른 수험생들이 생소하게 느낀 문제도 나는 기출 문제 분석을 잘해 놓았기 때문에 친숙하게 느꼈다.

문제의 친숙함은 중요하다. 문제가 친숙하면 정답을 적을 확률이 높다. 자신감을 가지고 차분하게 문제를 풀 수 있기 때문이다. 그래서 정확히 알지 못해도 얼추 정답과 비슷하게 작성할 수 있다. 그러면 약간의 점수라도 받는다. 이 약간의 점수가 얼마나 중요한지는 시험을 한 번이라도 응시해 본 수험생이라면 알 것이다. 0.1점 차이로 당락이 바뀌고 심지어 0.1점까지도 같아서 나이 조항으로 불합격을 하는 이도 있다.

특히 공부 시간이 부족한 맘시생들은 곁가지까지 공부할 시간도 여력도 없다. 가운데 가지인 기출 문제라도 공부해야 한다. 가운데 가지라도 정확하게 맞춘다는 생각으로 공부하면 된다. 그렇다면 가운데 가지를 어떻게 공부하면 될까? 일단 기출 문제부터 분석해라. 기출 문제를 변형한 문제만 다 풀어도 무난하게 합격할 수 있다.

회독법은 나를 합격으로 이끈
최종 비밀 병기

합격하고 주로 가던 카페에 합격 수기를 올렸다. 많은 수험생이 내 합격 수기 중에서 특히 단기간에 합격을 가능하게 한 '회독 방법'에 관해 궁금해했다. 회독법은 내가 계발한 것은 아니다. 2017년 임용 고시에 불합격하고 공부 방법을 궁리하던 중 알게 된 방법이다. 변호사들의 공부 방법인데 이들은 알다시피 공부에서는 최고 경지에 오른 사람들이다. 이런 사람이 실제로 해봤고 성공한 공부 방법. 이 공부 방법은 당연히 내가 그동안 해왔던 공부 방법보다 효율적이었다.

그러나 막상 이 방법을 실천하려니, 자꾸 의심이 들었다. '아니, 노트에 쓰지 않고 공부한다고?' 30년 동안 노트에 쓰면서 암기 공부를 했는데, 이걸 버리고 새로운 공부 방법을 시도하는 건 과감한 결단이었다. 이러한 결단을 내리기까지는 나의 절박한 상황도 한몫했다. 2018년 6월에 찾아온 돌발성 난청과 이명으로 공부에 손을 놓았고, 다시 해보자고 마음먹었을 때는 임용 시험이 80여 일이 남아있는 시점이었다. 마음이 몹시 조급

했다. 시험을 반쯤 포기하고 '전공 책이라도 읽자.'라는 마음으로 회독법을 따라 했다.

 사실 그 방법 외에 다른 방법도 없었다. 시간은 몹시 부족했고 봐야 할 책은 많았다. 숨이 넘어갈 정도로 마음이 바빴다. 큰 결단을 내리고 새로운 공부 방법을 따라 했지만, 쉽지 않았다. 새로운 공부 방법을 계속 의심하고 또 의심했다. 처음에는 새로운 공부 방법이 불안해서 원래 내가 하던 공부 방법대로 노트에 쓰면서 공부했다. 그러나 곧 이건 아니다 싶었다. 한 페이지 공부하는 데만 10분 넘게 소모했지만, 머릿속에 남는 건 별로 없었기 때문이다. 이판사판이다. 노트와 볼펜을 던지고 책과 서브 노트를 읽기 시작했다. 변호사들의 공부법대로 책과 서브 노트를 소설책 읽듯이 읽기만 했다. 속도가 나기 시작했고, 하루에 한 과목도 가능할 거 같았다. '그래 돌아갈 곳이 없어. 이걸로 하자.' 나의 새로운 공부 방법인 회독법은 이렇게 시작되었다.

 회독을 본격적으로 시작하기 전에 준비할 것이 있다. 그것은 어떤 책을 회독할 것인지 결정하는 것이다. 아주 중요한 결정이다. 회독법의 승패를 판가름 짓는다. 처음에는 강사들의 수험서를 볼까도 생각했다. 그러나 그건 내가 늘 하던 공부 방법이었고(한 번도 성공한 적이 없는) 그것조차도 나에게는 양이 많았다. 그래서 J 선생님이 준 자료를 토대로 만든 '기출 서브노트'를 회독할 책으로 결정했다. 그 이유는 작년에 J 선생님이 이 '기출 서브 노트'로 합격했으며 나에게 익숙했고, 마지막으로 가독성이 좋았다. 나는 시간이 부족해서 보통 합격생들이한다는 7회독은 못 했다. 3~4회독 정도만 겨우 했다. 이 회독방법으로 아주 짧은 기간 동안 공부했지만, 결과적으로 최종 합격했다. 회독 방법은 다음과 같다.

1회독: 눈으로 소설책 읽듯이 읽어라

그런데 눈으로만 읽으니 지루하고 계속 잠이 쏟아졌다. 그래서 1회독부터 샤프로 중요한 부분은 줄을 그으면서 회독했다. 물론 빠른 속도로 읽었다. 아무리 늦어도 반드시 1시간에 10장은 읽었다. 이것보다 느리다 싶으면 더 빠르게 읽으려고 노력했다.

2회독: 연한색 색연필로 줄을 그으면서 읽는다

1회독에서 연필로 줄 그은 부분에서 중요 부분을 다시 한번 색연필로 칠하며 읽는다.

3회독: 연한색 형광펜으로 줄을 그으면서 읽는다

2회독에서 색연필로 표시한 부분에서도 더 중요한 부분은 형광펜으로 칠하면서 다시 읽는다. 잊고 있었던 놀라운 사실이 있다. 우리는 이미 3회독이 끝났다. 아주 적은 시간에 손쉽게 3회독이 끝났다. 이걸 손으로 쓰면서 외우려면 시험 때까지 1회독도 못 할 수 있다. 다시 한번 이야기하면 시험은 한 번에 끝내야 한다. 몇 개년 계획이 아니다.

4회독: 진한색 형광펜으로 줄을 그으면서 읽는다

3회독보다 더 진한 색 형광펜으로 3회독 때 표시한 부분 중에 더 중요한 부분을 칠하면서 책을 읽는다. 이때는 더 색칠할 것도 별로 없을 것이다. 만약 이때도 표시되는 것이 있다면 정말 중요한 부분이 틀림없다. 이렇게 끝내면 4회독을 하게 된다. 여기에 최종적으로 정말 중요한 부분(빈번하게 기출 되는 내용)에 눈에 잘 들어오는 스티커를 붙였다.

이 방법으로 회독하니 80여 일 남은 시점에서도 조급증 없이 계획대로 전 과목 각각 3~4회독을 할 수 있었다. 이 회독 방법의 큰 장점은 80여 일 앞두고 '이번 시험은 아닌가 보다. 그냥 시험이나 쳐보자.'였던 마음을 '어! 해보니 합격할 수도 있겠다. 끝까지 해보자.'로 바꾸어준 것이다. 신기하게도 80여 일 앞두고 이 회독법으로 전 과목(의, 식, 주, 가족, 소비, 교육론, 교육과정)을 3~4회독 이상할 수 있었다. 심지어 시험 전날, 합격생들에게 말로만 들었던 전 과목을 하루에 1회독 하는 것을 나도 경험했다.

정리하자면 회독법은 절대 쓰면서 공부하는 것이 아니라 읽으면서 공부 하는 방법이다. 회독법으로 공부하면 노트에 쓰면서 공부하는 것에 비해서 시간을 상상 이상으로 줄일 수 있다. 이 회독법으로 자신감을 얻었고, 무사히 시험을 치렀고, 최종 합격까지 했다. 내 운명이 회독법으로 바뀌었다고 해도 과언이 아니다.

각자 자기에게 맞는 다이어트 방법이 있듯이 자기에게 맞는 공부 방법이 있다. 누구에게는 맞는 공부 방법이 나에게는 맞지 않을 수 있다. 그러나 지금 자신의 공부 방법에 의문이 들고 새로운 공부 방법이 필요하다는 생각이 든다면 이 회독법을 추천한다.

※ 회독: 읽을거리를 여러 번 읽는 것

공부도 장비 빨

'훌륭한 목수는 연장을 탓하지 않는다.'는 틀린 말!

훌륭한 목수는 연장을 탓하지 않는다고 했다. 나도 20대에 공부할 때는 '공부만 열심히 하면 되지.'라고 생각했다. 공부할 때 쓰는 도구의 중요성에 대해서는 전혀 관심이 없었다. 그러나 공부도 연장이 중요하다. 특히 고시 공부는 효율적으로 공부해야 한다. 1년 안에 합격하기 위해서 모든 수단과 방법을 가리지 않아야 한다. 공부에 필요한 장비 역시 꼼꼼하게 챙겨야 합격에 가까워질 수 있다.

1. 스톱워치

스마트폰이 있는데 스톱워치가 왜 필요하지? 반문하던 사람이 바로 '나'다. 스톱워치는 원래 육상 경기에서 쓰는 도구인데 이제는 공부하는 사람에게도 필수도구이다. 흡사 걷기 운동을 시작한 사람이 만보기를 하고 걷는 것과 같다. 자신이 노력한 것을 눈으로 확인하는 것은 목표를 달성하는 데 큰 도움이 된다. 공부도 마찬가지다. 내가 목표한 양을 체크 해야 자신의 문제점을 파악해서 보완할 수 있다.

2. 포스트잇 & 떡 메모지

공부하는 사람에게는 포스트잇도 필수도구 중 하나이다. 공부하다 보면 메모를 더 첨가해야 하는 일이 생긴다. 이때 편리하게 쓸 수 있는 것이 포스트잇이다. 포스트잇은 크기도 색도 다양하다. 원하는 곳에 다양하게 손쉽게 사용하면 된다.

떡 메모지는 포스트잇과 비슷하게 생겼는데 접착력이 없는 메모지를 말한다. 이런 접착력이 없는 메모지가 뭉텅이로 있는 모습이 꼭 떡 같아서 떡 메모지라고 부른다. 이 떡 메모지는 접착력은 없지만, 포스트잇에 비해서 디자인과 크기가 다양하다. 그래서 나는 떡 메모지를 자주 사용했다. 특히 모눈종이로 된

A4 크기의 떡 메모지를 많이 사용했는데, 많은 양의 필기를 하거나 백지 쓰기를 할 때 잘 활용했다.

3. 마스킹테이프

마스킹테이프는 마테라고도 하는데, 종이 재질에 접착력이 있는 테이프를 말한다. 공부하기 전에는 마스킹테이프는 페인트칠할 때만 쓰는 줄 알았다. 그런데 생각보다 종류도 많고, 다양한 용도로 활용되기도 한다. 마스킹테이프는 다이소나 문구점에서도 쉽게 살 수 있다. 심지어 본인이 직접 디자인을 의뢰해서 자신만의 마스킹테이프를 제작할 수도 있다.

나는 마스킹테이프를 두 가지 용도로 사용했다. 떡 메모지를 부착할 때 쓰거나, 마스킹테이프를 오려 스티커로 사용했다. 중요하다고 생각되거나 자주 출제되는 기출문제 옆에 붙였다. 이렇게 붙이면 가독성도 좋아지고 암기도 더 잘된다.

4. 랩핑지

랩핑지는 예쁜 종이라고 생각하면 된다. A4, B5 등 크기도 다양하고, 디자인도 다양하다. 랩핑지는 다양하게 활용할 수 있는데 나는 제본할 때 주로 사용했다. 공부 자료를 제본할 때 겉

표지를 랩핑지를 썼다. 이렇게 하면 눈에도 잘 들어오고 기분도 산뜻해서 자꾸 보고 싶은 마음이 생긴다.

5. 인스

인스는 인쇄소 스티커의 줄임 말이다. 인스는 스티커와 쓰임새가 비슷하다. 스티커와 다른 점은 칼 선이 없어서 직접 오려서 붙이는 것이다. 직접 오려서 붙이는 것이 귀찮지만, 가위로 오리는 재미가 있다. 디자인이 다양하고 예뻐서 일반적인 스티커보다 자주 사용했다.

인스는 마스킹테이프와 같이 미리 잘라서 작은 지퍼백에 두고 서브 노트 회독할 때 사용했다. 공부한 나에게 스스로 주는 보상이었다. 유치원에 다닐 때 착한 일을 하면 포도송이에 스티커를 붙이듯이 1회독이 끝나면 마음에 드는 인스를 붙였다. 이렇게 붙이니 회독 수도 알 수 있고, 공부 스트레스도 줄었다.

6. 제본기

제본기는 제본할 때 쓰는 도구다. 처음에는 제본기를 살 생각이 없었다. 자리도 많이 차지하고 자주 사용하지도 않을 것 같았기 때문이다. 그런데 임용 관련 프린트는 상상을 초월하게 많았다. 몇백 장을 인쇄했는데, 양이 많아서 스테이플러로 찍기에는 두께가 너무 두꺼웠다. 집게도 사용했지만 보기가 불편했다. 그래서 고민 끝에 제본기를 중고로 샀다. 제본기로 전공, 교육학 자료 등을 수십 권 가까이 제본했다. 내가 원하는 형태로 그때그때 제본을 할 수 있어서 만족도가 높았다. 제본기는 아이 공부할 때 써도 되고, 또 합격해서 다시 중고로 팔아도 되니 하나쯤 사둬도 괜찮다.

<u>고시생에겐 필기도구가 날개다</u>

같은 과 친구 중에 경남 지역에서 수석으로 합격한 친구가 있다. 그 친구에게 합격 노하우를 물었더니 이렇게 답했다. "매일 모나미 볼펜 한 자루를 다 썼어." 당시에는 친구의 말에 '뭐? 그게 합격 노하우라고?'라고 생각했다. 그런데 지금 생각해보니 합격 노하우가 맞다. 모나미 볼펜 한 자루를 다 썼다는 건 그만큼 성실하게, 꾸준하게 암기했다는 뜻이다. 또한, 자신의 성실함을 매일 눈으로 확인했다는 것이다. 친구는 이렇게 볼펜으로 공부 자신감을 얻었을 것이다. '내가 볼펜을 매일 한 자루나 쓰면서 공부했는데, 당연히 합격하겠지.'라고 생각했을 것이다. 이렇게 먼저 합격한 친구는 나에게 이미 힌트를 줬다. 단지 내가 귀담아듣지 않았을 뿐.

　친구가 합격할 때만 해도 필기도구가 지금처럼 다양하지 않아서 많은 임용 고시생들은 비교적 저렴한 모나미 볼펜을 많이 사용했다. 그런데 지금은 그렇지 않다. 임용 고시생들이 주로 사용하는 필기도구들이 있다. 사소해 보이지만, 필기도구에 대해서도 연구했다. 유튜브, 인스타그램, 블로그에 필기도구에 대한 정보들이 많다. 사람들이 많이 쓰고 추천하는 필기도구는 이유가 분명히 있다.
　추천하는 필기도구를 바로 사용하는 것도 좋지만, 자신에게 맞는 필기도구는 다를 수 있으니 문구사에 가서 직접 샘플을 써보고 사라. 공부하는 사람에게는 필기도구가 명검이다. 명검을 찾는 것도 승부를 결정짓는 요인이 될 수 있으므로 신중하게 선택해서 사용하는 걸 추천한다. 특히 내가 써 본 것 중 좋았던 필기도구를 추천한다.

1. 제트 스트림

수많은 수험생이 애용하는 볼펜이다. 나도 공부할 때나 시험장에서 제트스트림을 사용했다. 미리 수가 1mm, 0.7mm, 0.5mm 등 다양하게 있는데 본인이 써보고 마음에 드는 걸 쓰면 된다. 나는 서브 노트에 필기할 때는 0.5mm를 사용했고, 암기를 하거나 시험장에서는 0.7mm를 사용했다.

2. 형광펜

형광펜도 다양하다. 이것저것 다양하게 써본 후에 정착했다. 이것 또한 사람마다 취향이 다르므로 'OO가 좋다.'라고 말할 수 없다. 나는 주로 형광펜은 스테들러 형광펜, 제브라 마일드라이너, 스타빌로 스윙쿨 등을 썼다. 방금 말한 형광펜은 비교적 성능은 좋지만, 가격이 비싼 편이다. 다이소에서 파는 빈티지 형광펜 세트도 가성비가 좋아서 마구 쓰기에는 괜찮다.

3. 샤프

샤프도 임용고시생들이 추천하는 것을 종류별로 다 사서 써봤다. 샤프는 자주 사용하는 필기도구이므로 특히 직접 가서 만져보고 사는 것이 좋다. 왜냐면 그립감, 필기감, 무게감이 다 다르고 사람마다 취향이 다르기 때문이다. 추천하는 샤프는 라미 사파리 샤프, 펜텔 그래프 1000, 스테들러 925, 제브라 델가드 샤프, 펜텔 스매쉬 등이 있다.

4. 파란색 펜

암기용으로 파란색 펜을 많이 사용했다. 검은색은 눈에 잘 안 들어오고 빨간색은 너무 강렬해서 오히려 눈에 잘 안 들어온다. 그래서인지 파란색 펜과 관련된 공부 책이 있을 정도이다. 그 정도로 파란색 펜은 암기할 때 좋다. 브랜드는 크게 상관없지만, 나는 제트스트림 파란색 0.7mm를 주로 썼다.

오해해서 미안해,
서브노트에 대한 나의 오해

20대에 임용 공부를 할 때는 서브 노트가 필수고, 서브 노트만 공부하면 합격하는 줄 알았다. 그 당시 먼저 합격한 친구에게 서브 노트를 빌렸다. 하지만 결과는 불합격이었다. 나는 서브 노트에 대해서 단단히 큰 오해를 하고 있었다.

[서브 노트에 대한 나의 오해]

1. 서브 노트는 반드시 꼭 있어야 한다.

2. 서브 노트만 있으면 합격이다.

3. 다른 사람의 서브 노트를 봐도 좋다.

4. 서브 노트를 만들면 자연스럽게 공부가 된다.

5. 서브 노트는 전공서 요약본을 만드는 것이다.

6. 완벽한 서브 노트를 만드는 것이 좋다.

7. 서브 노트를 만들고 나서 본격적으로 공부하는 것이다.

8. 서브 노트는 한 번 만들면 끝이다.

9. 서브 노트는 수험서를 바탕으로 만드는 것이다.

서브 노트에 대한 오해로 나는 시험에 숱하게 불합격했다. 이걸 깨닫는 데 10년이 넘게 걸렸다. 이 오해를 10년 전에 풀었더라면 합격을 더 빨리했을 텐데. 후회되지만 이미 지난 과거 일이다. 이 책을 읽는 독자들이라도 서브 노트에 대한 오해를 빨리 풀기 바란다.

서브 노트는 필요할 수도 있고, 필요하지 않을 수도 있다. 20

대에 임용 공부할 때는 서브 노트에 모든 걸 걸었다. 운 좋게 먼저 합격한 친구에게 잘 정리된 서브 노트를 빌렸다. 그런데 이건 훗날 나에게 독이 되었다. 이 서브 노트만 믿고 공부를 안 했다. 말 그대로 서브 노트는 참고만 해야 했다. 그런데 이 서브 노트에서 시험이 출제된다는 생각으로 이것만 공부했다. 더군다나 이 서브 노트는 내 것이 아니었다. 그런데 내 것으로 생각했고, 이것만 공부하면 그 친구처럼 합격할 수 있을 거라고 오해했다.

서브 노트는 전공서 공부를 1~2회독이라도 하고 잘 외워지지 않거나 중요한 부분만 압축해서 만들어야 한다. 또한, 스스로 중요한 부분과 부족한 부분을 체크 하면서 만들어야 한다. 이것이 바로 서브 노트다. 그런데 이걸 정말 몰랐다.

지금도 전공 임용 카페에서 합격자의 서브 노트를 사고 싶다는 글을 보곤 한다. 합격하고 싶은 간절한 마음에 서브 노트를 구하고자 하는 건 이해한다. 그러나 이렇게 구한 서브 노트로는 합격할 수 없다. 합격자의 서브 노트가 있더라도 나만의 서브 노트를 만드는데 참고용으로 쓰는 것이 좋다. 만약 불가피하게 다른 사람의 서브 노트를 이용한다면 이 노트를 그대로 사용하는 것이 아니라, 내가 공부한 부분을 첨가하여 수정된 서브 노트를 만드는 것이 좋겠다.

스터디,
서로에게 좋은 기운을 북돋아 주는 사람들

20대에 공부할 때는 스터디를 거의 하지 않았다. 심지어 최적의 스터디원이 될 수 있는 같은 과 친구들이 주변에 있어도 하지 않았다. 혼자 공부하는 것이 좋았고 스터디의 필요성을 느끼지 못했기 때문이다. 그러나 다시 임용 공부를 한 2017년 ~2018년에는 스터디를 과할 정도로 계속했다. 결론을 먼저 이야기하면 육아맘이라면 스터디는 꼭 했으면 좋겠다.

온라인 스터디든 오프라인 스터디든 상관없이 스터디는 꼭 하는 것이 좋다. 특히 육아맘의 경우 시간도 부족하고 체력도 부족하다. 또한 무엇보다 육아와 살림을 공부와 병행해야 하는 처지다. 그러다 보니 쉽게 지치고 의지가 약해져서 공부를 중도에 포기하는 사람들이 많다. 그런데 스터디를 하면 포기하고 싶어도 쉽게 포기할 수 없다. 내가 공부를 안 하면 다른 스터디원에게 피해를 주기 때문이다. "공부할 시간도 없는데 스터디할 시간은 더 없어요."라고 할 수 있다. 그렇지만 시간이 나지 않을수록 스터디는 더 고집스럽게 해야 한다. 육아맘이 스터디를 하면 좋은 점을 이야기해보겠다.

1. 나태해지지 않는다

솔직해지자. 우리는 20대 미혼의 임용고시생보다 절박하지 않다. 올해 임용 고시에 꼭 합격하지 못하더라도 먹고 사는 데는 크게 문제가 없다. 그리고 "아이 키우면서 공부했는데, 합격 못하는 게 당연하지."와 같은 그럴듯한 변명도 할 수 있다. 그러므로 올해 아니면 내년이라는 생각을 쉽게 할 수 있다. 이런 생각으로는 절대로 합격하지 못한다. 평소에 의지가 약하지 않은 사람도 육아와 살림을 병행하면서 공부하는 건 참으로 힘들고 지치는 일이다. 힘들고 지치니 쉽게 포기할 수 있다.

그러므로 억지로라도 공부할 수 있는 상황을 만들어야 한다. 그것이 바로 스터디다. 스터디는 여러 사람과 함께 하는 협동

학습 공동체이므로 내가 공부하기 싫다고 안 할 수 없는 구조가 만들어진다(간혹 책임감 없이 스터디하는 사람도 있지만). 스터디를 하면 스터디원에게 민폐를 끼치지 않기 위해서라도 공부하게 된다. 나 또한 스터디 할 때 다른 스터디원에게 민폐를 끼치지 않으려고 열심히 했다.

2018년 봄, 아이들이 한꺼번에 열감기를 앓았다. 열감기라서 해열제를 먹어도 잘 듣지 않았고 둘이 동시에 아프니 참 막막했다. 혼자서 아이 둘을 데리고 소아병원에 가서 링거를 맞혔다. 나는 아이들이 링거를 맞는 입원실에서도 스터디 과제를 했다. 이미 집을 나서기 전 가방에 아이 물통, 체온계, 아이패드와 내 전공 책을 챙겨서 들고나왔다. 아이들은 링거를 맞고 나는 옆에서 전공 책을 공부했다. 남들이 보면 "저 아줌마 뭐지?"라고 생각하겠지만 그렇게 치열하게 공부했다. 그 정도의 의지도 없다면 임용 합격은 할 수 없다고 생각했다. 다행히 아이들은 기력을 되찾았고 나도 스터디 준비를 무사히 완료했다.

이처럼 치열하게 스터디원과의 약속을 지키려고 했다. 스터디 하면서 "애가 아파서 오늘은 공부를 못 했어요."라는 육아맘의 흔한 핑계는 대지 않았다. 그렇게 하나, 둘 핑계를 대면서 스터디에 펑크를 내면 육아맘 자신에게도 손해지만 같이하는 다른 스터디원도 피해를 본다. 임용 공부는 인생을 바꿀 정도의 정말 중요한 시험이다. 그러므로 내 개인 사정으로 다른 스터디원에게 피해를 주면 안 된다. 아이를 키우기 때문에 다른 스터디원에게 양해를 구할 것이 아니라, 아이를 키우기 때문에 더 열심히 해야 한다.

간혹 스터디원을 구하는 글에서 육아맘은 정중히 사양한다는 글을 볼 때가 있다. 그 글을 보고 나도 아이 엄마이기에 속상했다. 미혼의 스터디원들이 참 야속하다는 생각도 했다. 하지만 한편으론 이해가 되기도 했다. 육아맘이 아이가 아프다고, 아이가 낮잠 안 잔다고, 시가에 행사가 있다고 스터디에 자주 빠진다는 이야기를 들었으니 말이다.

심지어 육아맘 스터디원 때문에 스터디가 깨졌다는 글도 있었다. 이 글에 공감의 댓글이 많이 달렸다. 그만큼 육아맘에게 피해를 본 스터디원이 많다는 뜻이다. 이런 사례가 늘어나면 우리 육아맘을 끼워 줄 스터디는 더 없어지고, 다시 공부할 절호의 기회도 사라진다. 육아맘에게 하고 싶은 말이 있다. 그런 글을 보고 "너네도 애 낳아봐라. 그렇게 되지."라고 야속하게 생각할 것이 아니라, 미혼의 스터디원에게 모범이 될 정도로 열심히 해라. 그래서 "아! 육아맘과 스터디 했는데 정말 열심히 하시는 모습에 공부 동기가 올라갔어요. 육아맘과 함께 스터디 하니 더 좋았어요. 육아맘 우대합니다."라는 반응을 얻도록 하자. 우리 충분히 잘 할 수 있지 않은가.

2. 공부의 트렌드를 읽을 수 있다

거의 10년 만에 임용 공부를 다시 시작했더니 공부 트렌드가 많이 변했다. 나는 심지어 전공도 객관식으로 시험을 쳤던 세대다. 더 이야기하자면, 임용 응시 서류를 직접 내러 간 세대이다. 그만큼 오래전에 시험을 쳤던 세대다. 그런 옛날 사람이 임용 시험을 다시 준비하니, 막막했다. 시험 문제가 몇 문제인지도, 객관식인지 주관식인지도 몰랐다. 그만큼 많은 세월이 흘렀다. 가정과 임용카페 게시글을 검색해서 대략의 시험 구성은 파악했지만, 상세하게 시험을 파악하지는 못했다. 어떻게 공부해야 할지도 몰랐다.

그런데 스터디를 하니, 젊은 스터디원들이 어떤 식으로 공부하는지 알게 되었다. 나 때는 교육학과 전공이 객관식이었고 전공 공부에 교과서가 중요했다. 그래서 부끄러운 이야기지만,

20대에 공부할 때는 전공서를 단 한 번도 보지 않고 시험을 보러 갔다. 학원 수험서와 교과서만 공부했다. 그러나 지금의 시험은 그렇지 않다. 기출 문제를 토대로 전공서를 공부하고, 암기하고 인출 하면서 공부해야 합격할 수 있는 시험이다. 이런 공부 트렌드를 몰랐다면 옛날 방식 그대로 공부해서 또 불합격했을 것이다. 이런 공부 트렌드는 스터디를 통해서 젊은 스터디원으로부터 얻었다. 좋은 이점이다.

3. 공부에 대한 자신감이 생긴다

공부를 다시 시작했지만, 공부 자신감이 없었다. 거의 10년 만에 공부를 다시 시작했고, 30대 후반에 아이가 둘이나 있는 아줌마다. 이런 아줌마가 다시 공부하니 자신감이 있을 수가 없다. 그런데 스터디를 하고 나서 자신감이 다시 생겼다.

운 좋게도 내가 처음 접한 스터디는 천사 같은 스터디원만 있어서 나이 많은 나에게 왕언니 대접을 해주며 많이 응원해줬다. 스터디하면서 문제 풀이를 하면, 스터디원들은 항상 잘한다고 칭찬해 줬다. 또한, 공부를 같이하니 공부 실력도 눈에 띄게 향상되는 걸 스스로 느낄 수 있었다. 이렇게 스터디를 하면서 공부 자신감이 생겼다.

스터디를 처음 할 때만 해도 큰 기대는 하지 않았다. 하지만 스터디를 하면서 실력도 올라갔고, 기대하지 않았던 자신감도 얻고 스터디원에게 위로도 받았다. 공부하는 맘시생은 육체적으로도 정신적으로도 힘들다. 이런 힘듦을 알아주는 이를 주변에서 찾기 힘들다. 이때 스터디원들은 나에게 큰 힘이 되어주었다. 이러한 이유로 임용 공부를 할 땐 동네맘보다는 스터디원들과 소통하기를 추천한다. 서로에게 도움이 되는 긍정적인 관계를 맺을 수 있기를 바란다.

공부한 내용이 갑자기 생각나지 않는다면 ○○이 부족한 것이다

공부는 끊임없이 투입과 인출이 이루어지는 과정이다. 공부를 통해서 투입하고 시험을 통해 인출하는 것. 단순하지만 어려운 과정이다. 그런데 투입만 하고 인출을 제대로 못하는 경우가 많다. 예를 들면 시험공부는 많이 했지만, 시험을 못보는 경우다. 공부만 하고 공부한 내용을 시험지에 제대로 적지 못

하면 헛공부를 한 것이다. 헛공부가 되지 않기 위한 인출 방법
은 다음과 같다.

1. 백지 쓰기

백지 쓰기는 수험생이라면 익히 잘 알고 있는 방법이다. 방법
은 간단하다. 백지에 내가 알고 있는 내용을 적으면 된다. 방법
은 간단하지만 실제로 해보면 어렵다. 왜냐면 분명 알고는 있
지만 쓰는 것이 잘 안되거나, 분명 공부했지만 망각 현상으로
공부한 것을 잊었기 때문이다.

이처럼 백지 쓰기는 워낙 어렵기 때문에 쓰다가 포기하는 경
우가 많다. 그럼에도 나는 백지 쓰기를 추천한다. 백지에 한 단
어를 쓰더라도 계속해서 시도해보자. 오늘은 백지를 5줄밖에
못 썼지만, 내일은 10줄을 쓸 수도 있다. 그렇게 백지에 쓰는
양이 늘어나면 된다.

백지 쓰기도 방법이 다양하다. 오늘 공부한 내용을 모조리
다 쓰는 것도 있고, 주제를 정해서 쓰는 것도 있다. 임용 공부
를 할 때는 주제를 정해서 백지 쓰기를 했다. 주제를 백지 윗
부분에 쓰고 정해진 시간 안에 해당하는 내용을 아는 만큼 쓰
는 것이다. 답안 작성하듯이 줄글로 써도 좋고, 간단하게 비주

얼씽킹(자기 생각을 글과 그림으로 표현하는 것)으로 쓰는 것도 괜찮다.

백지 쓰기는 공부를 정리하고 마무리하는 시점에서 효과가 가장 좋다. 그러므로 나는 시험을 앞두고 약 두 달간 매일 자정 무렵에 백지 쓰기를 했다. 혹시 게을러질까 봐 백지 쓰기 인증 샷을 매일 남기는 스터디도 했다. 이때 쓴 백지 쓰기 자료를 서브 노트로 이용하는 합격생도 있다. 그만큼 백지 쓰기는 인출 방법으로 최적화된 방법이다.

2. 쉽고 간단한 문제 풀이

공부는 많이 했는데, 내가 제대로 공부를 못 한 것 같고 자신감을 잃을 때가 있다. 그럴 때는 쉽고 간단한 문제를 풀었다. 공부한 내용도 쉽게 떠오르고 자신감도 생긴다. 공부를 다시 시작한 첫해에 문제 내기 스터디를 했다. 문제는 쉽게 내자고 서로 합의했다. 일단 문제가 쉬우니 자신감을 얻게 되었고, 스터디에 소요되는 시간도 적었다. 이때 스터디 하면서 모은 문제들은 제본해서 수시로 봤다. 문제가 쉬워서 자투리 시간이나 자기 전에 보기 좋았다. 이 방법으로 인출도 하고 자신감도 얻고 자기 전 정리 시간도 가졌다.

3. 주변 환경을 활용한 인출

육아와 살림할 때도 끊임없이 인출 했다. 예를 들면 '세탁'이라는 주제를 머릿속으로 정한다. 그런 다음 빨래를 개면서 세탁의 원리, 계면활성제 종류, 세탁기 종류, 세탁의 방법, 세탁 기호 등에 대해서 인출 하는 것이다.

'설단 현상'은 입에 맴돌기는 하지만 생각이 나지 않는 현상을 말한다. 이것이 바로 인출이 제대로 되지 못하는 큰 예이다. 시험장에서 분명 아는 문제임에도 답안을 작성 못하거나 조건을 빠트리는 일이 종종 있다. 이것은 투입은 되었지만, 인출이 잘 안된 경우다. 투입만 연습해야 하는 것이 아니라, 인출 또한 연습해야 한다. 인출 하는 방법은 다양하고 각자의 성향과 상황에 맞게 선택하는 것이 좋다. 중요한 건 '하는 것'이다. 어렵지만 꼭 필요한 인출 연습! 포기하지 말고 계속해라.

전교 1등 외삼촌의 편지

1999년 11월 수능 며칠 전 둘째 외삼촌의 편지가 도착했다. 둘째 외삼촌은 내가 어렸을 때, 우리 집에서 대학을 다녔다. 그래서 둘째 외삼촌과 나는 다른 삼촌과 조카 사이보다 더 끈끈한 사이였다. 둘째 외삼촌은 지역 명문고에서도 전교권에 들 정도로 공부를 무척 잘했다. 그런 둘째 외삼촌에게 수능 며칠 전 편지를 받았다. 둘째 외삼촌의 편지는 단순한 격려의 편지가 아니었다.

편지에는 수능을 앞두고 해야 할 일, 하지 말아야 할 일이 일목요연하게 정리되어 있었다. 받았을 때는 그 편지의 소중함을 잘 몰랐다. 사실은 다른 사람들이 흔하게 주는 초콜릿이나 엿을 보내지 않고 편지를 받아서 살짝 의아하기도 하고 내심 서운하기도 했다. 그러나 돌이켜 보니 둘째 외삼촌은 아끼는 조카에게 자신의 소중한 공부 노하우를 전해준 것이었다. 둘째 외삼촌의 공부 노하우는 초콜릿이나 엿 100개보다 더 가치 있는 것이었는데, 그때는 몰랐다. 공부를 잘했던 외삼촌의 편지 내용이 지금은 뚜렷하게 기억이 안 나지만, 대강 이런 이야기가 담겨있었다.

　인정아!

　- 수능 전날에는 소화가 잘되는 음식을 먹어라. 고기 종류를 먹으면 소화가 안 될 수 있으니 안 먹는 게 좋겠다.

　- 수능 날에는 얇은 옷을 여러 겹 입고 고사실 온도에 따라 옷을 입고 시험을 쳐라.

　- 모르는 문제가 나와도 당황하지 말고 침착하게 시험을 봐라.

　- 따뜻한 물을 가져가라.

　- 시험 전날엔 너무 늦게 잠자리에 들지 마라.

　지금 생각해 보면 둘째 외삼촌은 그 누구보다 나에게 소중한 수능 선물을 주셨다. 아마 아끼는 조카가 수능을 친다고 하니 잘 치기를 기원하면서 자신의 노하우를 정성껏 적었을 것이다. 공부를 잘했던 둘째 외삼촌은 수능 날이 얼마나 중요한지 잘 알고 있었고, 아끼는 조카도 잘 알기를 바랐던 것 같다. 이렇게 공부를 잘하는 사람은 시험 날의 중요성을 잘 알고 있다.

12년을 1등으로 살았어도, 단 하루 수능을 망치면 원하는 대학에 합격할 수 없다(정시만 놓고 보았을 때). 1년을 임용 고시 학원 모의고사에서 1등을 했어도, 임용 시험 보는 날 시험을 망치면 불합격한다. 그런데 신기하게도 보통 1등들은 그런 결과를 내지 않는다. 왜냐면 그들은 우리 둘째 외삼촌처럼 시험 날의 중요성을 누구보다 잘 알고 미리 대비를 철저하게 하기 때문이다. 우리도 1등들처럼 철저하게 대비해서 시험 결과에 후회가 없도록 하자.

D-DAY,
우리가 점검해야 할 것

임용 시험은 성실하게 공부한 응시생이라면 누구나 합격할 수 있는 시험이다. 그만큼 시험장에서의 실력 차이가 크지 않다. 다시 말해, 이런 고시라고 말하는 시험에서는 응시생의 수준이 비슷하므로 시험 날을 어떻게 보냈느냐에 따라 당락이 결정된다.

그럼 D-DAY에 점검하고 챙겨야 하는 부분에는 어떤 것들이 있을까?

1. 시험 전날 최소한 5시간 이상은 자야 한다

'아니 5시간은 너무 적지 않아?' 하겠지만, 인생을 바꾸는 시험 전날에 꿀잠을 자는 건 소수의 사람이다. 오죽하면 잠을 푹 자고 싶어서 약을 처방받는 사람도 있을까? 잠이 오지 않더라도 일단 자정 전에는 눕고 자려고 노력해라. 뜬눈으로 지새우더라도 누워서 지새우면 다음 날 피로감이 덜 하다.

2. 전날 되도록 편안하고 좋은 곳에서 자라

되도록 본인 집에서 자고 시험 날 아침에 이동하는 것을 추천한다. 시험 치는 전날 가뜩이나 잠도 안 오는데, 낯선 곳에서 잠을 깊이 자는 것은 더 힘들다. 즉 새벽에 일어나서 움직이더라도 집에서 자고 일어나는 것이 컨디션 조절에 더 도움이 된다.

그러나 응시하는 지역이 멀어서 시험 전날 집에서 자는 게 힘들다면, 응시지역에서 가장 좋은 숙소에서 자라. 아는 동생의 경우 울산이 집인데 천안에서 시험을 쳐야 했다. 그래서 아는 동생은 천안에서 가장 좋은 호텔에서 자고 시험을 쳤고, 최종 합격을 했다. 이렇게 숙소도 합격에 큰 영향을 주므로 좋은 곳에서 자라.

3. 가방은 되도록 후회하지 않게 싸라

먼저 합격한 가정교육과 선배 언니가 "인정아, 가방에 짐은 되도록 적게 넣어. 어차피 시험장에서 다 못 봐."라고 조언을 해 줬다. 그러나 그것도 성격에 따라 준비하면 된다. 나는 평소 근심과 걱정이 많고 예민한 성격이다. 뭔가 필요한 것이 있는데, 가방에 없으면 신경이 쓰여서 시험을 못칠 정도의 예민하다. 그래서 가방 한가득 전공 책과 교육학책을 이고 지고 들고 갔다. 물론 한 권도 제대로 못 봤지만, 일단 마음의 안정을 위해서 들고 간 건 현명한 선택이었다.

4. 옷에 신경 쓰지 말자. 부질없다

시험 치는 날은 내가 예뻐 보일 필요가 하나도 없지만, 기본 화장은 했다. 시험 날, 화장을 안 하는 것도 괜찮지만 화장을 안 하면 스스로 얼굴에 더 신경을 쓸 것 같아서 기본 화장은 했다. 옷은 늘 독서실에서 입던 트레이닝복에 검은색 잠바를 입었다. 초수는 시험 치는 날 옷도 예쁘게 입기도 한다. 그런데 시험 날은 서로에게 관심이 없다. 수면 바지를 입어도 서로에게 신경 쓰지 않는 날이다. 즉 시험 날은 평소에 입은 가장 편한 옷을 입으면 된다. 내가 다른 사람의 눈을 신경 쓰지 않을 정도만 입으면 된다.

5. 시험을 대하는 태도는 담담하게

시험을 가볍게도 무겁게도 대하지 말고 담담하게 대해라. 가볍게 대하면 긴장감이 너무 없어서 오히려 실수할 수 있다. 무겁게 대하면 긴장해서 실수할 수 있다. 그러므로 담담하게 대해라. 그리고 생소하거나 어려운 시험 문제가 나오더라도 당황하지 마라. 이 시험은 교원자격증을 가진 고학력자들이 치는 시험이다. 게다가 경쟁률이 최소 10:1인 시험이다. 즉 고시다. 이런 시험이 쉬울 수 없다. 생소하고 어려운 문제가 나올 수밖에 없다. 나만 생소하고 어려운 것이 아니다. 이 시험장에 있는 모두가 생소하게 느끼고 어렵게 느끼고 있다. 다만 다들 겉으로 드러내지 않고 있을 뿐이다. 그러므로 정신 차리고 문제를 찬찬히 봐라. 아는 문제는 실수하지 않고 정확하게 쓰고, 모르는 문제는 나의 모든 지식을 총동원해라. 이것이 내 실력만큼 최선을 다해서 시험을 치는 방법이다.

합격했던 해에 시험을 치고 계단에서 내려오는데 눈물이 났다. 시험을 망쳐서도 아니고, 잘 쳐서도 아니다. 이제 더는 못 치겠다는 생각이 들었기 때문이다. 아쉬움은 있었지만, 이보다 더 잘 칠 수는 없을 것 같아서 눈물이 났다. 이날 나는 그 어떤 시험보다 담담하게 침착하게 시험을 대했다. 아쉬움은 남았지만, 후회가 없는 시험을 치는 순간, 나는 합격했다.

1차 합격 발표의 날, 모든 합격은 뚜껑을 열어봐야 안다

합격 발표 날의 긴장감은 말로 다 표현할 수 없다. 심장을 죄어온다. 시험을 치는 날보다 더 떨리고 정말 괴롭다. 1차 합격자 발표날이 2차 합격자 발표날보다 더 떨렸다. 왜냐면 1차 합격은 합격할 것 같다거나 아니면 불합격할 것 같다는 감도 없기 때문이다. 정말 뚜껑을 열어봐야 안다.

1차 합격 발표 전날, 남편은 나를 계속 괴롭혔다. "붙을 거 같아?", "떨어질 거 같아?" 이 말을 5분 단위로 묻고 또 물었다. 내가 그걸 어떻게 알겠는가? 모른다고 대답하면 남편은 그걸 왜 모르냐고. 시험 친 사람이 그걸 왜 모르냐며 다그치듯이 되물었다. 어찌 알겠는가? 내가 99점을 받아도 100점이 수십 명이면 떨어지는 시험인데. 괜히 고시라는 말이 붙은 게 아니다. 붙는 사람보다 떨어지는 사람이 훨씬 더 많은 시험. 그리고 떨어진 사람도 절대 실력이 부족해서 떨어진 게 아닌 시험.

 또한, 1차 시험은 객관식이 아닌 주관식이고 합격 발표 후에도 모범답안도 알려주지 않는다. 그래서 정말 내가 붙을지 떨어질지는 스스로도 모른다. 아무도 모른다. 그런데도 남편은 불안감에 계속 묻고 또 물었다. 그 마음은 알지만, 시험 친 당사자를 계속 다그치는 남편이 야속했다. 한편 합격하지 못할 것 같은 마음이 불현듯 들 때면 그동안 고생한 남편에게 미안했다. 그렇게 1차 합격 발표 전날을 괴롭게 보냈다.

 거의 뜬눈으로 밤을 새우고, 남편은 출근했다. 민찬이를 등교시키고 컴퓨터 앞에 앉았다. 몇 번의 불합격을 봤던가? 오늘도 또 불합격을 볼 것 같은 기분. 컴퓨터를 켜고 사이트에 접속했다. 부들부들 떨렸지만, 막상 확인하려고 사이트에 접속하니 이내 담담해졌다. 이상하게 담담했다. 지금 생각해 보니 기대감이 없어서였다. 6월에 돌발성 난청이 오고 이명이 계속 진행되어서 공부를 한동안 그만뒀었다. 그 후 80여 일 남기고 다시 시작한 공부. '아마 안 되겠지. 내가 될 리가 없지. 그래 원래 내 자리로 돌아가자.'라는 담담한 마음으로 교육청 사이트에 들어갔다. 서버 폭파로 몇 분의 시간이 흐르고 맞이한 '나의 1차 합격' 결과.

그와 동시에 남편에게 전화가 왔다. 남편에게 제일 먼저 합격 소식을 전했다. 남편은 축하한다는 말보다 "커트라인 점수 보다 몇 점 위냐?"를 먼저 물었다. 냉정한 놈. 어쩜 저렇게 냉정한지. 커트라인 점수보다 약 7점 정도 높다고 하니 "아~아쉽네. 그러면 2차도 마음을 놓을 수 없네."라고 했다. 순간적으로 욕이 나올 뻔했다. 내가 그동안 상상했던 합격 발표 후 남편의 반응은 기쁨의 눈물을 흘리지는 않더라도 "축하해. 고생했다."였는데. 무참히도 예상은 빗나갔다. 오히려 옆에서 아무것도 모르고 놀던 민준이가 축하를 해줬다.

정신을 차리고 친정, 시가에 합격 소식을 전했다. 나도 모르게 눈물이 나왔다. 합격한 날은 햇살도 밝았고, 세상도 밝았다. 정신을 못 차릴 정도로 기뻤다. 이리저리 허둥대다가 민준이를 유모차에 태우고 일단 밖으로 나왔다. 걷기라도 해야 정신을 차릴 수 있을 거 같았다. 그렇게 민준이를 유모차에 태우고 아파트 주변을 걷고 또 걸었다. 세상 제일 행복한 산책을 했다.

5장

실전!
우리 엄마의
공부 노하우II/
2차
면접시험

면접 준비는 언제부터 해야 할까

　면접은 평소에 자신 있었다. 기간제 교사 면접 때도 면접에서 점수를 잘 받았다. 그러나 임용 면접 스터디 중 스터디원들은 내 면접을 보고 고개를 가로저었다. 내가 자신 있다고 생각한 면접이 다른 이들이 보기에는 많이 모자랐다. 내 면접을 보고 스터디원들은 유창성은 있으나, 시험을 대비한 면접이 아니라고 했다. 일반적인 면접과 임용 고시 면접은 다르다. 임용 고시 면접은 미팅이나 소개팅에서 이루어지는 것이 아니고, 사적인 모임에서 나의 의견을 말하는 것도 아니다. 임용 고시 면접은 면접의 조건을 충족해야 고득점을 얻는다. 그러므로 면접을 너무 쉽게 생각하거나 가볍게 생각해서는 안 된다. 면접 또한 서론-본론-결론이 있어야 한다. 즉, 말로 하는 논술시험이라고 생각하면 된다.

 1차에서 공부한 전공과 교육학 공부는 면접에 활용된다. 그러나 1차와 2차의 공부 방향이 다르므로 1차 시험이 끝나면 새롭게 2차 공부를 해야 한다. 그러므로 수업 실연과 면접 공부는 다시 해야 한다. 그러니 하루라도 빨리 시작하는 것이 유리하다. 1차 시험을 끝내고 나서 바로 시작하는 것을 추천한다. 1차 시험이 끝나면 1주일은 쉬는 것이 국룰이라는 말이 있다. 이 말은 정말 위험한 말이다. 만약 이렇게 한다는 임용고시생이 있다면 말리고 싶다. 1차 시험이 끝난 날만 푹 쉬고 다음 날부터는 바로 2차 시험 공부를 시작해야 한다. 1차 시험이 끝난 다음 날부터 바로 스터디를 구해서 들어가야 한다. 이 무렵에 가장 많이 스터디원을 구하기 때문이다. 또한, 스터디를 시작하기 전에 스터디 준비를 해야 하므로 쉴 시간이 없다. 나중에 후회하지 말고 일단 2차 공부는 1차 시험을 친 다음 날부터 바로 시작하자.

 면접 공부의 처음은 '임용 면접 대비' 책을 사는 것이다. 시중에 '임용 면접 대비' 책은 많다. 그중에서 마음에 드는 책을 준비하면 된다. 중요한 것은 어떤 책을 고르든 꼭 올해 개정판을 사라는 것이다. 돈 좀 아끼고자 작년에 합격한 아는 지인이 준 책이나, 줄도 안 그은 책이라며 중고 시장에 나온 작년 책을 보려고 했다면 절대 그러지 마라. 면접만큼 세상 변화에 민감한 시험이 없다. 그러므로 꼭 올해 개정된 책을 사라.

책을 고르는 방법은 꽤 단순하다. 임용고시생들이 가장 많이 보는 책을 2권 정도 갖고 있으면 된다. 남들이 가장 많이 보는 책을 사면 실패할 확률이 낮고, 2차 스터디를 구하는 데도 유용하다. 나는 임용고시생들이 가장 많이 보는 면접 책과 교육학 강사 중에서 면접 강의로 유명한 강사의 책을 샀다. 임용고시생들이 가장 많이 보는 면접 책을 주교재로 보고, 교육학 강사의 책을 세컨드용으로 봤다.

면접을 준비하면서도 면접 기출 문제를 꼭 보고, 분석해라. 면접은 1차 시험과 달리 시도별로 2차가 다르다. 평가원 지역은 같지만, 서울, 대구, 경기도, 강원도 등은 지역 자체에서 출제가 된다. 그러므로 자신이 응시한 지역교육청에 맞는 면접을 준비하고 그 지역의 기출 문제를 분석해야 한다. 기출 문제를 보면서 교육의 트렌드도 읽고, 그 문제들을 가지고 끊임없이 연습해야 한다.

　면접은 1차나 수업 실연에 비해서 쉽게 느껴진다. 그래서 자칫 면접을 대충 준비하는 사람도 있다. 그러나 그렇게 쉽게 생각했다가 면접으로 당락이 바뀌는 경우도 있다. 면접도 철저하게 준비해서 꼭 최종 합격에 이르도록 하자.

면접 어벤저스를 만나다

　몇몇 임용 학원에서는 일정 금액을 받고 2차 면접 강의와 모의 면접을 해준다. 그리고 일부의 대학에서는 1차 합격한 임용 고시생을 대상으로 스파르타식 2차 공부를 시켜준다. 그러나 육아맘은 그런 수업을 받기에는 물리적인 장애가 많다. 다시 모교를 찾기에는 너무 많은 세월이 흘렀다. 나 또한 이런 수업을 받지 못했다. 그러면 방법이 없을까? 아니다. 스터디를 만들거나 스터디에 들어가서 모의 면접을 하면 된다. 스터디만 잘해도 면접에서 만점을 받을 수 있다.

나의 경우 1차 시험이 끝나고 바로 면접 스터디를 시작했다. 그런데 1차 합격 후 기존에 하던 스터디원들에게 사정이 생겨 더 이상 면접 스터디를 할 상황이 안 됐다. 그래서 급히 다른 스터디를 구해야 했는데, 예상외로 면접 스터디를 구하는 게 힘들었다. 이미 면접 스터디가 진행 중이거나, 먼 지역에서만 스터디가 있었기 때문이다.

　그러던 중 내가 사는 지역에서 면접 스터디원을 충원한다는 카페 글을 봤다. 이 면접 스터디는 비교과 선생님들로만 이루어진 면접 스터디였다. 그래서 종일 고민했다. 나를 끼워주지 않을 것 같기도 했고, 면접 방식이며 평가의 관점도 교과와 비교과가 다를 것이라고 생각했기 때문이었다.

　하지만 종일 면접 스터디원을 구하는 카페 글을 둘러봤지만, 내가 들어갈 만한 마땅한 곳이 없었다. 그래서 차선책으로 전에 봤던 비교과 선생님들로만 이루어진 면접 스터디에 들어갔다. 하다가 안 되면 면접 스터디를 하나 더 할 생각이었다. 그렇게 시작한 면접 스터디는 예상보다 수준이 상당히 높았다. 그래서 첫날 많이 당황했다. 전에 하던 면접 스터디는 면접 문제에 그냥 정해진 시간 동안 답만 했었다. 그런데 새로운 면접 스터디는 문 열기 전에 노크하는 에티켓부터 마지막 멘트까지 연습하는 체계적인 면접 스터디였다.

첫날 내 면접을 본 면접 스터디원들의 표정은 '아, 저 아줌마 우리 스터디 수준보다 많이 부족한데.'였다. 나 스스로에게도 실망했다. 강의 경험이 없는 비교과 선생님들로만 이루어진 스터디고, 나는 5년의 기간제 경력이 있어서 남 앞에서 이야기하는 데는 자신이 있다며 오만했다. 그렇지만 나는 보기 좋게 깨졌다. 그런데 오기가 생겼다. 수업 실연을 잠시 2순위로 미루고 1순위에 면접을 두고 일주일을 그 누구보다 열심히 준비했다. 면접 스터디에 두 번째로 참석했을 때는 최선을 다해서 면접을 봤다. 스터디원들은 이날 나를 보고 안도의 표정을 지었다.

나는 누가 나에게 실망하거나 뼈 아픈 조언을 하면 참지 못한다. 꼭 다시 보여준다. '네가 본 게 다가 아니거든.' 이런 오기가 있었기 때문에 나날이 실력이 눈에 띄게 좋아졌다. 최소한 면접 스터디에 스터디원으로서 민폐는 되지 않았다. 면접 스터디가 계속 진행되면서 나의 면접 실력은 일취월장했다. 2차 시험치기 마지막 주에는 피드백을 받을 것도 없다는 면접 스터디원들의 최종 피드백을 받았다. 그 정도로 열심히 했고, 인생 통틀

어서 가장 보람된 날들을 보냈다.

 다시 한번 강조하지만 1차 스터디는 선택이지만, 2차 스터디는 필수다. 육아맘이 스터디를 하는 건 여러 가지 상황을 고려해볼 때 어렵고 힘들다. 그렇지만 반드시 해야 한다. 어렵고 힘든 만큼 합격에 더 다가가는 것이다. 스스로 면접에 자신 있다는 생각에 2차 스터디를 하지 않았다면, 단언컨대 나는 합격하지 못했을 것이다. 2차는 꼭 스터디를 해라. 그래야 합격이 눈앞에 선명해질 것이다.

맘시생은 면접 때 어떤 옷을 입을까?

 1차에 합격하고 나면 자연스럽게 면접 복장에 대한 관심이 커진다. 나도 1차 합격 후에 면접 복장에 대해서 많이 고민했다. 다른 응시생보다 나이도 많았고 외모에 자신이 없었기 때문이다. 이런 고민은 장수생의 경우도 마찬가지일 것이다.
 면접을 준비하다가 2차 시험 날이 임박해서 옷을 사러 갔다.

1차 공부를 할 때는 1차 합격만 하면 '백화점에 가서 100만 원은 너끈히 넘는 옷을 사 입을 테야.'라고 수십 번도 넘게 상상했다. 그런데 막상 1차 합격을 하고 보니 백화점에서 판매하는 옷은 부담되었다. 나도 어쩔 수 없는 아줌마라서 가격을 따질 수밖에 없었다.

그래서 백화점을 뒤로하고 아울렛으로 갔다. 인생에서 가장 중요한 면접 때 입을 옷을 사는 건 생각보다 어렵고 힘들었다. 평소 생각해 두었던 옷을 찾으려고 노력했다. 그런데 보통 임용고시생들이 많이 입는 브랜드의 옷은 나에게는 어울리지 않았다. 그래서 30대 중후반 현직 교사맘이 많이 입는 브랜드의 매장을 찾았다. 거기에는 내가 입어도 될 법한 옷이 많이 있었다.

매장에 가서도 나는 특유의 아줌마다움을 보였다. "저, 사장님 제가 중요한 면접이 있는데요. 제가 옷을 잘 못 골라서요. 사장님이 골라주시겠어요?" 이렇게 솔직하게 이야기했더니, 사장님은 내가 말한 조건에 맞는 옷을 정말 신경 써서 잘 골라주셨다. 사장님이 골라준 옷을 몇 벌 입어 보고, 허리에 리본이 달린 검은색 원피스를 면접 복장으로 결정했다.

처음 옷을 사러 갈 때는 면접의 정석인 검은색의 쓰리피스를 사려고 했다. 왜냐면 면접이 끝나고 '이렇게 해야 했어.'라며 두고두고 후회하기 싫었기 때문이다. 1차 합격 후에 2차 공부하면서 계속 두려웠던 것이 있었다. 2차 시험에서 평생 후회할 행동을 할까 봐 정말 두려웠다. 결혼 전 1차 합격을 하고도, 제대로 준비 못해서 최종 합격을 못 한 전력이 있다. 그 이후 10년 동안 '그때 ○○을 했더라면.'이라는 생각을 자주 되뇌었다. 그래서 이번 2차 공부의 목표는 후회가 남지 않는 수업 실연과 면접을 보는 것이었다. 뭐든 후회할 여지를 남기지 않기 위해 노력했다.

옷도 마찬가지였다. 남들 다 입는 검은색 쓰리피스를 입으려고 했다. 그런데 남편이 말렸다.

"인정아! 내 눈에는 네가 예쁘지만, 다른 사람 눈에는 20대 응시생과 비교했을 때, 네가 활력이 없어 보이고 고지식해 보일 수 있어. 그러니까 의상과 표정에 신경을 써야 해!"

정말 맞는 말이었다. 나는 다른 수험생들보다 적게는 10살, 많게는 15살이나 많았다. 언니를 넘어선 왕언니나, 이모뻘이다. 그런데 의상마저 너무 고지식해 보이면, 남편 말대로 더 늙어 보이거나 고집 있어 보일 수도 있겠다 싶었다. 그래서 면접의 예의는 지키면서 약간의 강조점이 있는 의상을 골랐다. 남편은 처음에는 흰색이나 분홍색을 골라주려고 했단다. 자기 아내가 면접에서 젊은 응시생에 비해서 주눅 들어 보일까 봐 오죽 걱정이 되었으면 그랬을까?

면접을 보고 나니, 옷은 평가 점수와 아무런 관련이 없었다. 같은 해에 합격한 동기의 면접 의상을 보고 '아니, 저 사람은 무슨 옷을 저렇게 자유롭게 입고 왔지? 초수라서 뭘 모르고 실수한 건가? 에구, 저 사람은 불합격하겠다.'라고 속으로 생각했다. 그런데 그 동기는 당당하게 최종 합격을 했다. 그러므로 면접 의상에 너무 신경은 쓰지 말고, 나중에 후회하지 않을 정도로만 입으면 좋겠다.

촌철살인 오프스터디

처음에는 수업 실연 스터디를 할 생각이 없었다. 돌발성 난청에도 불구하고 1차 임용 시험을 무사히 친 것이 기뻤고, 그냥 쉬고 싶었다. 시험도 합격을 기대할 만큼 잘 본 것 같지도 않았다. 80여 일 앞두고 공부를 다시 시작한 나. 과연 합격할 수 있을까? 진지하게 고민했지만, 내가 생각해도 가능성은 극히 낮았다.

하지만 1차 시험을 치고 딱히 할 일도 없었다. 그리고 아무것도 안 하기에는 남편에게 눈치가 보였다. 그래서 가정과 임용 카페에 들어가 이리저리 게시글만 읽었다. 1차 임용 시험 후에 가정과 임용 카페에는 자신의 복기 답을 평가해달라는 글, 문제에 대한 의견을 나누는 글, 실수했다며 절망에 빠져있는 글, 수업 실연 스터디를 구하는 글 등이 다양하게 올라와 있었다. 하지만 수업 실연 스터디를 구하는 글에 '저요!'하고 손들 용기는 없었다. 나이도 많았고 아이도 둘인 아줌마를 2차 스터디에 쉽게 끼워줄 것 같지 않았다. 2차 스터디에 들어가려면 최소한 근래에 2차에 관한 공부 경험이라도 있어야 하는데, 나는 그마저도 없었다. 즉 2차 스터디원이 될 스펙이 없었다.

그렇게 2차 스터디원을 구하는 글을 보다가 수원에서 수업 실
연 스터디원을 구한다는 글을 봤다. 게시글을 올린 시간이 애
매해서 그런지 다른 글에 비해서 댓글이 없었다. 그 글에 '나도
하고 싶어요.'라고 댓글을 쓰고 싶었지만 계속 주저했다. 그러
다가 '저도 하고 싶어요.'라고 어렵게 댓글을 썼다. 댓글을 쓰고
나서도 '아! 괜히 한다고 했나?', '스터디원이 내 상황을 보면 싫
어할 텐데. 나가라고 하면 어쩌지?'라는 생각에 그냥 댓글을 지
울까도 여러 번 고민했다. 이런 고민을 한 가장 큰 이유는 그동
안 많은 스터디를 했지만, 직접 만나서 하는 오프스터디는 처
음이었기 때문이었다. 온라인 스터디도 맘시생이라고 하면 미
혼의 임용고시생들이 싫어한다. 게다가 수업 실연 스터디는 내
수업을 보여주고 피드백을 받는 것인데 이것도 부담스러웠다.

"인정아, 이제 2차 준비해야 하는 거 아니야?"
"응? 아, 실은 나 수업 실연 스터디한다고 하긴 했는데, 할까
말까 계속 고민 중이야."
"무슨 소리야. 누가 끼워준다고 할 때 얼른 해야지. 고민을

왜 해?"

"내가 나이 많은 아줌마라서…. 싫어할 것 같아서…."

"아줌마도 장점이 있어. 장점으로 단점을 커버하면 돼. 스터디 카페 빌리는 비용도 다 내고 스터디원들한테 커피랑 빵도 사. 경제적으로 지원해주면 돼. 그렇게 해도 학원 수강비보단 돈이 적게 드는 거잖아."

'그래, 여차하면 내가 돈을 다 내자.'

남편과의 대화로 나름 마음의 안정은 찾았지만, 여전히 걱정되고 두려운 건 사실이었다. 얼마나 걱정을 했는지 2차 시험 치는 날보다 수업 실연 스터디원들을 처음 만나는 날이 더 긴장되었다. 수업 실연 스터디원들은 다행스럽게도 다들 마음이 곱고 착해서 나를 스터디원으로 받아주었다. 그런 그들에게 내가 아줌마라서 부담을 줘서 미안하다고 누차 이야기하고 열심히 하겠다고 했다. 이때 스터디원들은 겉으로 드러내지는 않았지만, 내가 걱정스러웠을 것이다. 이런 걱정을 알기에 스터디원들에게 도움이 될 수 있도록 그 누구보다 스터디 준비를 열심히 했다.

이렇게 어렵게 용기를 낸 것으로 나는 합격에 한 걸음씩 다가 갔다. 고민만 하다가 오프스터디를 안 했으면 나는 불합격했을 것이다. 정말이다. 2차 오프스터디를 할 때 다른 스터디원에게 피해를 주기 싫어서 열심히 했기에 2차에서 무난한 점수를 받고 합격했다. 만약 아줌마라서 창피하다고 2차 스터디를 하지 않았다면 합격하지 못했을 것이다.

더 강하게 이야기하자면 2차 공부는 곧 스터디다. 2차는 스터디가 정말 중요하다. 2차 대비 특강도 들었지만, 이 특강이 나의 합격에 차지하는 비중은 10%도 안 된다고 생각한다. 이건 흡사 올림픽에 참가하는 선수가 동영상으로 운동을 배우고 혼자서 연습하는 것과 같다. 그러므로 1차에서 단 한 번도 스터디를 안 했더라도 2차는 반드시 스터디를 해라.

합격 후 신규교사 연수원에서 2차 스터디를 안 했다는 합격 동기는 딱 1명 있었다. 이 합격 동기는 외딴 지역에 살고 있어서 스터디를 하기 어려웠고, 면접과 수업 실연에 자신감이 있었기 때문에 2차 스터디를 안 했다고 했다. 이런 경우는 아주 드물다. 보통의 임용고시생은 2차 스터디를 한다. 특히 육아맘 임용고시생은 2차 오프스터디를 꼭 해야 한다. 왜냐면 공부도 트렌드다. 그런데 육아맘은 오랜만에 공부를 해서 공부의 트렌드도 잘 모르고, 자신의 실력도 잘 모르는 경우도 많다. 그러므로 2차 오프스터디는 꼭 해서 철저한 2차 트레이닝을 받아야 한다.

물론, 막상 수업 실연 스터디를 시작하니 그만두고 싶기도 했다. 스터디를 할 때마다 G 선생님의 촌철살인 피드백에 마음을 다쳤고, 자존감도 무너졌다. 나이라도 비슷하면 마음을 덜 다쳤을 텐데, 나이도 10살 이상 어린 스터디원에게 수업 실연에 대해서 날카로운 지적을 받는 것은 정말 힘들었다.

나중에 G 선생님은 합격 후에 이렇게 말했다. "내가 원래도 말을 날카롭게 하는데, 정인정 선생님이 다 받아줘서 놀랐어요. 분명히 기분 나쁠 거라고 생각했거든요. 다른 스터디원들은 제가 피드백하면 무서워하더라고요." 물론 나 역시 이 촌철살인으로 상처도 많이 받았지만, '보란 듯이 완벽한 수업 실연을 보여 줄 거야!'라고 생각했다. '만만한 아줌마가 아니라는 걸 제대로 보여주자.'라는 마음으로 철저하게 수업 실연을 연습해서 스터디에 참여했다. 오히려 이렇게 하니 실제 시험장에서 2차 수업 실연이 더 쉽고 편안할 정도였다.

분명 수업 실연 스터디를 하기까지 많이 고민했고, 수업 실연

후 촌철살인 피드백에 마음의 상처도 많이 받았다. 그러나 합격 후에는 다 추억이 되었다. 그리고 당시 무척 미웠던 G 선생님이 지금은 인생의 은인이 되었다. 합격을 위해서는 뭐든 할 수 있는 게 우리 육아맘이다. 두려워 말고 2차 수업 실연 스터디는 꼭 하자.

맘시생의 2차 시험 준비, 간절하면 이루어진다

모든 응시생이 1차 시험을 치면서는 꼭 2차 시험을 칠 기회라도 얻기를 바라고 또 바란다. 최종 합격을 못하더라고 2차 시험을 쳐 본 경험은 다음 시험 준비를 하는 데 있어서 큰 재산이 된다. 1차 시험을 치고 2차를 꾸준하게 잘 준비했음에도, 막상 1차 합격을 하니 2차가 많이 걱정되었다. 또한, 오히려 합격이 눈에 보이니 더 조바심이 나고 마음이 복잡했다.

1차 합격 후 G 선생님과 이미 하고 있던 2차 수업 실연 스터디를 계속 같이하기로 했다. 사실 새 스터디를 구해야 하나 고민했다. 우리 집과 비교적 가까운 수원이었지만, 기차를 타고 다니는 곳이라 육아맘인 나는 체력적으로 힘들었다. 또 G 선생님이 너무 촌철살인 피드백을 하는 스터디원이라서 스터디 하는 내내 스트레스를 많이 받기도 했다.

하지만 이때도 남편은 조언을 아끼지 않았다. 남편은 "G 선생님이니까 너같이 나이 많은 스터디원도 끼워주지. 다른 스터디에서는 네가 나이 많은 아줌마라서 안 끼워줄 수도 있을걸."이라고 했다. 남편의 말에 '그래, 다른 스터디에서 나를 싫다고 할 수도 있겠다. 원래 하던 스터디를 계속하자.'라는 생각이 들던 찰나, 고맙게도 G 선생님이 먼저 같이하자고 제안했다. 그렇게 우리는 스터디원만 1명 더 충원하기로 했다.

새로 충원한 스터디원은 경기도 지역에 1차 합격한 선생님인데, 이분 또한 심성이 고우시고 차분한 분이셨다. 또, 고맙게도 이 선생님의 남자친구가 근무하는 학교 교실에서 수업 실연도 할 수 있었다. 오랜만에 학교에 가니 어색했지만 수업 실연을 하는 내내 '아! 내가 있어야 하는 곳은 여기구나!'라는 생각이 들었다. 이 생각은 교사라는 직업에 대해 다시 한번 확신할 수 있는 계기가 되었다.

1차 합격 후 2차를 공부할 때는 매일 밤늦게까지 스터디를 했지만, 힘든 줄도 몰랐다. 오히려 그 시간이 참 보람되고 즐거웠다. 하루도 허투루 보내는 날 없이 보냈기 때문이다. 곧 도착점이 보이니 공부도 힘든 줄 몰랐다.

이때도 남편은 물심양면으로 도왔다. 각종 자료를 프린트하고 정리해주고, 밤늦게 스터디가 끝나면 퇴근 후 지친 상태인데도 꼭 데리러 와줬다. 고맙게도 남편도 이 기간이 힘들지 않았다고 했다. 내가 동네 아줌마들과 의미도 없는 수다나 떨다가, 이제는 다른 임용고시생과 수업 실연이며 면접 공부하는 것이 멋있어 보인다고 했다.

1차 합격 후에 2차 공부는 24시간도 부족하다. 다른 사람의 시간도 빌리고 싶을 정도다. 다행스럽게도 나는 1차 시험 후에 바로 꾸준하게 준비를 해왔기 때문에 2차 준비에 대한 불안감은 상대적으로 적었다. 그것이 천만다행이었고, 그렇게 1차 시험 후 바로 2차 공부를 한 내가 기특했다.

이렇게 나의 공부 2차전을 시작했다. 1차 점수는 커트라인 점수보다 6.72점이 높았다. 흔히 이야기하는 안정권에 가까운 점수다. 하지만 내가 응시한 지역이 전국 커트라인 점수와 비교하면 낮은 점수여서 안심할 상황이 아니었고, 나는 나이가 많아서 2차에 불리하다고 생각했다. 아무리 공정한 임용 시험이지만, 수업 실연과 면접에서 나이가 많다는 것은 불리하다고 생각했다. 그래서 1차 점수가 커트라인 점수보다 높았고 1배수 안에 넉넉하게 들어갈 등수였지만 불안하고 또 불안했다.

또한, 그동안 반복된 실패로 '또 안되면 어쩌지?'라는 생각이 최종 합격 발표 날까지 끊임없이 나를 괴롭혔다. 실제로 합격하고 보니, 2차 시험은 나이가 많다고 불리한 시험이 절대 아니었다. 만약 나이가 많아서 수업 실연이나 면접이 불리하다면 나부터 당연히 불합격이다. 그러나 나는 합격했다. 1차 합격 후 4주 동안의 기간, 허투루 쓴 시간이 단 1시간도 없었다. 모든 시간을 2차 공부에만 매진했다. 의식이 있는 상태에서는 임용 공부만 생각했다. 간절하면 이루어지는 것이 인생이다. 나의 간절함은 합격의 결과로 돌아왔다.

2차 시험 첫날,
안녕하세요. 오래 기다렸죠?

시험 날이 다가올수록 많은 연습으로 수업 실연과 면접은 웬만큼 자신이 있었다. 그런데 오히려 외모에 자신이 없었다. 나는 나이도 많고 상큼미가 떨어지는 아이가 둘 있는 아줌마. 그래서 그 소중한 시험 전날 1시간 이상을 투자해서 미용실에서 머리도 했다. 아침 일찍 일어나 화장하고 시험장으로 갔다. 남편의 응원을 받으면서 시험장에 도착했다.

시험장에는 이미 1차 합격을 하고 2차 시험을 준비 중인 응시생이 교실 가득 있었다. '아! 1차 시험을 붙은 영광의 인물들이구나. 나도 1차 합격했어.' 나중에 안 사실이지만, 나는 시험장에서 이목을 끌었다. 합격 동기들이 1차 시험 칠 때 유독 나이가 많은 응시생이 있어서, 신기하게 생각했단다. 그래서 수험번호도 외웠는데, 최종 합격까지 하더란다. 그게 나였다.

2차 시험 1교시는 수업지도안 작성이다. 1교시 수업지도안을 작성하는 시험을 치는데 아뿔싸 불합격의 기운을 느꼈다. 가볍게 생각했던 1교시였는데, 예상하지 못한 문제가 나왔고 시간은 빨리 흘러갔다. 당황했고 또 당황했다. 하지만 이미 주사위는 던져졌고 뒤로 물러설 곳도 없었다. 그렇게 1시간 동안 수업지도안을 끙끙대면서 작성하고 제출했다.

1교시에 제출한 수업지도안을 가지고 수업 실연을 해야 한다. 수업 실연을 하기 전 제비뽑기로 들어갈 순번을 정하는데, 정말 중요한 순간이다. 넷플릭스에 유명한 드라마인 「오징어 게임」에서 달고나의 모양이 동그라미냐, 세모냐, 우산 모양이냐에 따라 생존이 갈리듯이 응시생에게는 순번이 무척 중요하다. 나는 제발 3번까지만 걸리지 말라고 속으로 빌고 또 빌었다. 다행히도 20번 대였다. 거의 마지막 순번. 참 다행이었다.

마침 내가 응시한 지역은 수업 실연을 대기하면서 책을 볼 수 있었다. 기다리면서 전공 책과 교과서를 보면서 1교시 때 망한 수업지도안을 커버할 궁리만 했다. 이미 망한 수업지도안이지만 어떻게든 살려야 했다. 다행히도 순번이 끝 쪽이라서 수업지도안을 살릴 시간이 적어도 7시간은 주어졌다. 만약 내가 순번이 빨랐다면 당락은 어찌 되었을지 모른다. 지금 생각해도 아찔하다.

수업 실연을 기다리며 연습하고 또 연습하고 또 연습했다. 하나둘 응시생들은 빠져나갔고 마지막에 한 5명쯤 남아 있었던 것 같다. 어느덧, 해는 지고 있었다. 드디어 내 차례가 왔고, 수업 실연 문제를 받아 들었다. 집중했지만 수업 실연 구상 시간은 정말 빠르게 흘러갔다.

수업 실연 문제를 받아 들고, 드디어 수업 실연 교실로 들어갔다. 남편이 1차 합격 후 사준 검은색 원피스. 다른 응시생들보다 10살은 더 나이 많은 아내가 2차 시험에 입을 옷이라고 매장에서 고르고 또 골라서 사준 원피스. 그 원피스를 입고 나는 다시 없는 인생의 터닝포인트를 맞이했다.

이제는 해가 다 져서 밤이 되어버린 교실. 2차 시험을 보기 위해서 교탁으로 발걸음을 조심스럽게 옮겼다. 나만 보고 있는 채점관들이 5명이나 있었다. 채점관들은 이미 7시간 넘게 채점하는 중이라서 지친 기색이었다. 보는 내가 미안할 정도였다. 그 정적을 깨고 감독관이 내 번호를 불렀다.

드디어 수도 없이 연습하고 상상했던 수업 실연을 시작했다. "여러분 안녕하세요. 오래 기다렸죠? 선생님도 여러분이 정말 보고 싶었어요." 그 말에 교실 분위기는 한순간 화사해졌다. 실제로 나는 이 순간을 남들보다 15년 이상 기다렸고, 7시간을 기다려서 교실에 들어섰다. 얼마나 기다리고 기다렸던 순간이냐. 이때 시험을 잘 봐야겠다는 긴장감보다 드디어 보게 되었다는 벅찬 감정이 컸다.

 해는 졌고 주위는 깜깜해진 교실. 친구들보다 15년 늦게 들어간 시험장은 나에게 시험장이 아니라 무대였다. 꼭 15년간 무명으로 선 조연배우가 드디어 주연배우가 되는 순간. 수업지도안을 잘못 작성해서 그걸 수습한다고 진땀은 흘렸지만, 무수히 연습했던 수업을 실연했다. 학생들과의 소통, 수업이해력, 학생과의 공감력 등 스스로 판단하기에 부족함이 없었던 수업이었다. 다시 한다고 해도 더 잘할 수 없는 수업이었다.

 수업 실연에는 조건이 있다. 그 조건은 아무도 모른다. 감점에 체크 하는지, 득점에 체크 하는지도 모른다. 다만 연습한 대로 최선을 다해서 후회 없이 했다. 그렇게 시간이 흘러 수업은 어느덧 막바지로 향하고 있었다. 이제는 마지막 정리를 하는 순간이 되었다. 마지막 멘트는 담백하게 했다.
"오늘 배운 수업을 가족들에게 알려주는 가정의 안전 도우미가 됩시다.”

　그 순간 시계에서 “삐~~~” 소리가 났다. 한 치의 오차도 없이 정확하게 “삐~~~”. 2차를 공부하면서 2차는 내 실력보다 더 잘하기를 바라지 않았다. 단지 후회하지 않는 시험이 되기를 바랐다. ‘후회 없이만 하자.’라는 바람이 마침내 이루어졌다. 그렇게 시험은 후련하게 끝이 났다.

　밖으로 나오니 밤은 깜깜했고 아무도 없었다. 혼자 택시를 타고 집으로 왔다. 시험을 치고 난 여운이 없어지기도 전에 내일을 걱정했다. 내일은 면접이다. 또 머리를 하러 미용실로 향했다. 걸으면서도 시험을 봤다는 실감이 나지 않는 밤. 추운 겨울인데도 추운 줄 모르는 밤. 혼자이면서도 혼자가 아닌 밤이었다. 그렇게 2차 첫째 날은 무사히 끝이 났다.

2차 시험 둘째 날,
엄마가 합격하게 해주세요

2차 시험 둘째 날이 밝았다. 둘째 날은 면접시험을 본다. 남편은 나를 시험장에 데려다주고 시가에 맡긴 아이들을 데리러 대구에 갔다. 시험장은 어제와는 달리 한 번 와봤다고 친근하게 느껴졌다. 오늘이 끝나면 이들 중 11명만 남겠지. 경쟁자이지만 '모두가 오늘 하루 힘을 내길.'

둘째 날은 비교적 부담이 적은 면접만 있어서 응시생들의 표정도 어제보다는 편안해 보였다. 곧 감독관이 들어왔고 제비뽑기를 통해 면접 순번을 정했다. 오늘도 늦은 순번이면 좋겠다고 생각했는데 다행히도 늦은 순번인 20번 대였다. 진행 감독관이 탄식하면서 "어쩌죠? 어제도 늦게 가셨는데." 했지만 나는 속으로 다행이라고 생각했다. 15년을 기다린 시험인데 그까짓 2시간쯤 남들보다 더 기다린다고 어려울 건 없다. 그렇게 시간이 흐르고 3명만 대기실에 남았다. 면접은 수업 실연보다 빨리 끝나서, 금세 내 순번이 되었다.

드디어 들어간 면접실. 어제의 채점관들이 거의 그대로 계셨다. 거의 막바지라서 채점관들은 오늘도 몹시 지쳐 보였다. 그래도 나는 지쳐 보이지 않으려고 노력했고, 나의 최대 약점인 굳은 표정을 숨기려고 웃고 또 웃었다.

 되는 사람은 뭘 해도 된다고 했던가. 참 신기했던 게 면접 마지막 질문에 대답을 다 하고 "~이상입니다."라고 하자마자 또 시계는 "삐~~~"하고 마치는 소리를 냈다. 어제도 오늘도 나는 1초까지도 시간을 딱 맞추어서 끝을 냈다. 수업 실연과 면접 연습을 할 때 스터디원들끼리 이야기하기를 시간을 딱 맞추어서 끝내는 건 불가능하고 했었다. 하지만 신기하게도 나는 수업 실연이든 면접이든 딱 맞추어서 끝을 냈다.

 이렇게 시험을 만족스럽게 보고, 남편과 아이들을 기다렸다. 그제야 아이들이 잘 지냈는지 걱정되었고 보고 싶었다. 미혼의 임용고시생이라면 시험이 끝나면 홀가분하게 쉬기만 하면 된다. 그러나 나는 시험이 끝나자마자 아이들을 챙겼다. 아이들도 엄마를 많이 기다리고 있었다.

 민찬이는 차를 타고 오면서 터널이 지날 때마다 "엄마가 합격하게 해주세요."라며 간절하게 소원을 빌었다고 했다. 민찬이의 간절한 기도 덕분인지 둘째 날 면접시험에서 고득점을 받았다. 한편 둘째 민준이는 나를 만나러 오는 길에 멀미를 해서 점심 먹으러 간 식당에서 구토를 했다. 나도 나였지만, 남편 포함 가족 모두 이 시험으로 고생을 많이 했다. 그렇게 그날, 나뿐만 아니라 우리 가족도 2차 시험을 끝냈다.

1차와 2차 시험 모두 힘든 시험이었다. 그러나 합격하고 나서 보니 임용 고시 공부는 어려웠지만, 괴롭지는 않았다. 왜냐면 공부하면서 즐거웠기 때문이다. 항상 응원해주는 남편과 아이들이 내 옆에 있었고, 공부하면서 나날이 성장하는 내가 있었기 때문에 즐거웠다.

임용 시험이 뭐길래, 나를 그동안 이렇게 힘들게 했단 말인가? 내가 숱하게 겪었던 인생의 고난에 비하면 아무것도 아닌 시험. 하지만 인생을 바꿔놓는 시험. 한 번에 모든 것이 결정되는 시험. 그래, 인생이 그런 거겠지. 한 번으로 인생이 바뀌고 그 바뀐 인생으로 수십 년을 살아가는 것.

6장

인생
역전한
우리 엄마

최종 합격을 기다리면서

2차 시험을 치고 우리 가족은 원래의 삶으로 돌아갔다. 민찬이는 겨울방학이라서 오전에는 나와 함께 시간을 보내고 오후에는 학원에 갔다. 민준이는 어린이집에 갔다. 나는 밀린 살림도 하고 그동안 보고 싶었던 드라마도 보고, 뜨개질도 했다. 2차 시험 후 최종 합격을 기다리는 시간은 피를 말리는 시간이라고 할 만큼 힘들고 긴 시간이다. 다행히도 나는 미뤘던 아내역할, 엄마 역할을 하면서 그 시간을 빠르게 보냈다.

이렇게 하루하루를 보내다 보니 드디어 최종 합격 발표 날이되었다. 그런데 최종 합격 발표 날짜가 그 당시 임용고시생의 원망을 샀다. 경기도 외에는 모두 설 명절 연휴가 지나고 나서야 합격자 발표가 났기 때문이다. 경기도처럼 설 연휴 전에 합격자 발표가 나면 친척 집도 당당하게 가고 좋으련만. 최종 합격 발표 날짜는 설 명절을 보내고 이틀 뒤였다. 그러다 보니 다들 설 명절을 즐길 수 없었을 것이다. 미혼의 응시생도 힘든데, 시가에서 합격 발표 날을 기다리는 며느리는 오죽하랴. 설 명절에 시가에 안 갈 수도 없고, 자포자기 심정으로 시가에서 설 명절을 보냈다. 그렇지만 왠지 모르게 합격에 대한 기대감은 있었다. 일단 1차 점수가 커트라인 점수보다 7점 정도 높았고, 나름 수업 실연과 면접도 잘 봤다고 생각했기 때문이다.

최종 합격에 대한 기대감으로 최종 합격자 서류도 미리 준비했다. 최종 합격자가 발표되면 며칠 뒤 바로 합격자 서류를 제출해야 하는데, 이 일정이 빡빡하기 때문이다. 이런 이유로 최종 합격자 서류를 미리미리 준비한다고 남편에게 말했지만, 남편의 반응은 심드렁했다. "아이고, 인정아! 그렇게 미리 준비하다가 안 되면 너 어쩌려고 그래? 그냥 가만히 있어라. 밖에 괜히 돌아다니면 춥다."라면서 말이다.

하지만 집에 가만히 있자니, 아무리 생각해도 이러고 있으면 안 되겠다는 생각이 들었다. 그래서 일단 시내 병원에 가서 공무원 채용검사를 받고, 곧바로 지역교육청에 갔다. 남편의 말대로 불합격하면 이런 수고가 헛된 수고가 될 텐데. 팩스민원창구에 가서 그동안 기간제 교사로 일했던 학교에 경력증명서를 요청했다. 기간제 교사로 근무했던 학교들은 내가 임용 시험을 다시 쳤을 거라고는 생각도 못 했을 것이다. 아마 기간제 교사를 다시 하나 보다라고 생각했을 것이다. 생각보다 경력증명서를 떼는 건 시간이 오래 걸렸다. 하긴 10년이 지난 서류를 손으로 찾는데, 쉬울 리가 없다.

경력증명서를 신청하고 돌아오는 길. 버스를 타고 집에 가는 길에 해는 지고 있었고, 내 마음은 복잡해졌다. 동네맘으로 살 때는 이렇게 경력 증명서를 뗄 일은 없을 줄 알았다. 다행히도 최종 합격을 기다리면서 경력 증명서 서류를 신청했지만, 만약 기간제교사로 취직하기 위해서 10년도 넘은 경력증명서를 떼는 거라면, 조금은 서글펐을 것 같다. 이렇게 나는 담담하게 최종 합격 날을 기다렸다. 이상하게도 1차 합격 발표를 기다릴 때처럼 떨리거나 마음이 힘들지는 않았다. 그만큼 최선을 다했고, 면대면 시험이라서 어느 정도 합격을 예상할 수 있었기 때문이다. 하지만 혹시나 하는 마음에 계속 불안했다. 거듭되는 임용 고시 실패로 또 안 될 거 같다는 생각이 떠나지 않았기 때문이다. 분명히 객관적으로는 합격을 장담해도 되었지만, 실패의 경험만 있던 나는 불안하고 또 불안했다.

두말할 것도 없이 인생 최고의 날

 시간이 흘러서 최종 합격 발표 날이 되었다. 운동선수의 징크스처럼, 1차 합격을 하던 날과 같이 민찬이가 학교에 간 상황에서 합격을 확인하려고 했다. 민찬이에게 상황을 설명하고 발표 시간에 맞추어 집 앞 학교에 가서 책을 빌려오라고 했다. 한편 남편은 회사에서 결과를 기다리겠다고 했다.

 그렇게 시간은 흘러 최종 합격자 발표 시간이 되었다. 일생일대의 반전의 시간이 될 것인지, 또다시 좌절의 시간이 될 것인지. 민찬이에게 잠바를 단단히 입히고 내보낼 준비를 하고 있었다. 그 순간 내 최종 합격 결과 발표는 맥없이 끝났다. 남편에게 "니 붙었다."라는 카톡을 받았다. '아~ 합격했구나. 그런데 남편은 어찌 이 중요한 결과를 또 저렇게 아무런 감정도 없이 축하한다는 말도 없이 이렇게 전한단 말인가.' 수천 번 상상했던 나의 최종 합격의 순간은 남편 덕분에 맥없이 끝났다. 내가 얼마나 기다렸던 순간인데.

최종 합격 소식을 듣고 학교 도서관으로 나가려는 민찬이를 돌아오라고 하고선 컴퓨터를 켰다. 내 눈으로 최종 합격을 확인하고 싶었다. 컴퓨터에 '최종 합격을 진심으로 축하합니다.'라는 문구가 떴다. 이 문구를 얼마나 기다리고 기다렸던가. 최종 합격을 내 눈으로 확인하고 가족들과 스터디 동생들에게 소식을 전했다. 모두 진심으로 기뻐해 줬다. 특히 민찬이는 엄마가 합격했다며 무척 좋아했다. "이제 엄마도 우리 선생님처럼 멋진 옷을 입고 선생님이 되는 거예요? 엄마 축하해요."라고 진심으로 축하해줬다. 충남교육청에서도 합격 축하 문자를 보내주었다. 이 합격 축하 문자를 남편 몰래 보고 또 봤다. 믿기지 않는 나의 합격 축하 문자.

최종 합격을 하면 귀에서 종소리가 나고 하늘에서 꽃잎이 떨어질 거라고 상상했다. 하지만 그런 일은 없었고, 곧바로 다음

일을 걱정했다. '어? 신규교사 연수원 가야 하는데, 애들을 어디에 맡기지?'. 역시 최종 합격의 순간에도 나는 엄마였다. 남편은 그런 걱정을 하는 나를 보고 어이없어했지만, 나는 정말 진지하게 고민했다. 2박 3일을 보령에 있는 연수원에서 지내야 하는데, 우리 애들은 어쩌지? 다행히 이번에도 시가에서 아이들을 봐주신다고 했다. 이제는 정말 최종 합격자 서류를 준비하고 연수원에 갈 가방만 싸면 된다.

신규교사 연수. 10여 년 전 신규교사 연수원에 가는 친구들을 얼마나 부러워했던가? 그 신규교사 연수원을 나도 간다. 친구들보다 10여년 늦게 말이다. 신규교사 연수원은 보령이었는데, 사실 몇 년 전에 가봤었다. 몇 년 전 교육청에서 '기초학력 코칭' 시간제 일을 잠깐 할 때 1박 2일 연수를 다녀온 적이 있다. 당시에는 내가 신규교사가 되어 이곳에 다시 올 거라고 상상도 못 했다. 상상도 못 한 일이 실제로 이루어졌다. 그 누구도 상상 못 한 예비 신규교사 정인정.

최종 합격 후 연수원 가방을 준비하는데 남편은 계속 "우리 아내가 교사인데…"라고 말하며 동네방네 자랑을 했다. 지나가는 강아지한테도 "야! 그거 아니? 우리 민찬이 엄마가 신규교사가 되었어."라고 말할 지경이었다. 그러지 말라고 했지만, 말을 듣지 않았다. 그 당시 심정을 물어보니, 길 가던 사람에게도 동네방네 자랑하고 싶었단다. 우리 아내가 신규교사가 되었다고.

　최종 합격하던 날은 내 인생 최고 날이었다. 나는 이날을 인생 최고의 날이라고 달력 가운데에 적어두었다. 물론 지금에 와서 다시 생각해보니 합격 후 학교로 출근하는 매일이 인생 최고의 날이지만 말이다. 신이 있긴 한가 보다. 이렇게 학교에 출근하는 길도 매일 감격할 수 있도록 나를 늦깎이 신규교사로 만들어 주셨으니까.

최고의 복수는
나를 부럽게 만드는 것

 동네맘들의 배신을 겪고, 공부에 계속 매진했다. 나는 좀 못 된 여자가 맞다. 한 번 당하면 꼭 갚아줘야 한다. 특히 그 동네 맘들은 우리 민찬이까지 건드렸다. 배신감으로 치를 떨었지만, 몇 번은 아무렇지도 않은 척 함께했다. 그날 이후 동네맘들은 내 눈치를 보는 것 같기도 했다. 남편은 절대로 티를 내지 말라고 했다. 티 내는 순간 지는 거라고. 그리고 우리 민찬이를 생각하라고 했다. 그래 참자.

 그렇게 참았지만, 나에게는 그 사건이 마음의 상처로 남았다. 그리고 다짐했다. '나한테 어떻게 그럴 수 있니?'라며 잘잘못을 따져봤자 나만 우스운 사람이 되는 거다. 내가 잘되는 것으로 복수하는 것이 최고의 복수다. 그래, 부러우면 지는 거라고. 나를 부러워하게 만들 것이다. 그게 최고의 복수다.

 눈썹매장 사건 이후 1년 동안 절치부심했다. 어두운 독서실에서 공부할 때도 불현듯 그날의 일이 생각났다. 아무리 곱씹고 곱씹어 봐도 그들은 너무했다. 그런 그들에게 복수하는 상상을 몇백 번 했다. 임용 시험에 꼭 합격해서 복수하겠다고 다짐하고 또 다짐했다. 이런 복수심은 졸음도 달아나게 했다. 복수심은 공부 자극이 되었고, 결국 최종 합격을 했다. 공부할 때도 남편에게 동네맘들에게 복수를 꼭 하겠다고 말했었다. 남편은 반신반의하면서 어떻게 복수할 거냐고 물었고 나는 시뮬레이션까지 했다. 내가 그린 시나리오는 이랬다.

"내가 길을 가다가 그 동네맘을 만나는 거지. 그럼 그 동네맘이 어디 가냐고 묻겠지. 그러면서 민찬이를 신설 학교로 전학시키냐고 묻겠지. 그러면 나는 아! 곧 이사 가서 원래 다니던 학교에 보내려구요. 라고 할 거고, 그럼 또 묻겠지? 왜? 이사가? 라고. 그러면 나는 네, 사실은 제가 임용 시험에 합격해서 이사 가거든요. 이렇게 말하는 거야."

신기하게도 최종 합격하는 날 증명서를 떼러 가는 길에 동네맘과 딱 마주쳤다. 그리고 나는 동네맘에게 수백 번 상상했던 그대로 복수했다. 떨리는 목소리로 숱하게 연습했던 대사를 읊었다. "나 임용 고시 합격해서 이사 가요." 그때의 동네맘의 당황한 듯 오묘한 눈빛을 잊을 수 없다. 그 눈빛을 보는 순간 나는 이겼고 복수했다고 생각했다.

"아… 그래…. 00야! 민찬이 이모가 그 어려운 임용 시험에 붙었대."

당황한 눈빛으로 엉겁결에 말을 잇는 동네맘과 그 말을 끝으로 헤어졌고, 나는 돌아서자마자 남편에게 전화를 걸었다.

"여보! 나 드디어 복수했어. 그 동네맘 만났는데, 내가 임용 합격한 거 알려줬어."

신기할 정도로 내가 상상만 했던 일이 그대로 이루어졌다. 퇴근한 남편은 신기하고 대단하다고 했다. 끝내 복수했다며 혀를 찼다. 나는 이날만 기다렸다. 옛 고전에 와신상담이라는 말이 있다. 와신상담은 섶에 눕고 쓸개를 씹는다는 뜻으로, 원수를 갚으려고 온갖 괴로움을 참고 견딤을 이르는 말이다. 나 또한 와신상담했다. 동네맘들과 동네 애들이 눈썰매장에 다녀온 날부터 나는 온갖 괴로움을 참고 견뎠다. 1년 동안 정말 힘들게 혼자서 공부하고 결국 그 어렵다는 임용 시험에 합격했다.

남편은 오늘 만난 그 동네맘이 나의 합격 소식을 다른 엄마들에게는 안 알리는 거 아니냐고 했다. "내 합격 소식을 직접 들었는데도 다른 동네맘들에게 알리지 않았다면 그건 정말 자기 자존심이 상했다는 거야." 누구네 집 강아지가 다리 다친 이야기도 전부 말하는 동네맘들의 수다에서 내가 임용 시험 합격한 소문이 안 난다는 것은 그 동네맘이 나에게 진정으로 졌음을 의미한다. 남편은 현수막이라고 걸어주겠다고 농담했다. 소문이 나야 하는데, 소문이 안 나면 어쩌냐고 했다.

 하지만 소문은 곧 의외의 곳에서 아주 크게 났다. 둘째 민준이의 어린이집 예비소집일이었다. 그동안 민준이 어린이집 원장님과 나는 친하게 지냈었다. 원장님이 힘들 때 나는 기꺼이 원장님 편이 되어주었고, 원장님도 내 공부를 진심으로 응원해주셨다. 그러다가 최종 합격 소식을 전했고, 원장님은 진심으로 축하해주셨다.
 원장님은 예비소집일에 그 많은 엄마들이 있는 자리에서 "어머! 민준이네 어머님이 원래 어린이집 운영위원이셨는데요, 공무원 시험에 그러니까 교사 시험에 합격하셔서 운영위원을 못 하게 되셨어요. 운영위원에 관심 있는 어머니들은 이야기해 주세요." 그 말이 끝나자 어린이집은 순간 술렁거리기 시작했다. 어린이집을 같이 보내던 아이 둘 있는 엄마가 임용 시험에 합격했다니, 다들 놀라워했다. 친분이 있는 몇몇 엄마들은 나에게 어디 지역에 합격했냐며 묻기도 했다.

이렇게 나의 복수계획은 완벽하게 성공했다. 내가 합격한 소식이 그날 썰매장을 간 동네맘들이 다 알았으면 했는데, 그 소원을 어린이집 원장님이 대신 들어주셨다. 이렇게 와신상담 끝에 복수했다. 만약 나만 따돌림을 당했다면, 내가 먼저 굽혀서 동네맘들에게 끼워달라고 애걸복걸했을지도 모른다. 그러나 그 동네맘들은 건들면 안 되는 내 새끼를 건드렸다. 짐승도 자기 새끼를 물면 공격한다. 나는 엄마다. 우리 아이를 속상하게 한 무리에게 당연하게 복수해야 했고, 복수했다. 내가 잘되는 것, 그게 최고의 복수다.

예비 신규교사 연수,
친구들보다 15년 늦었지만 잘 도착했어

　임용 고시에 최종 합격을 하면 정신을 차릴 새도 없이 최종 합격자 서류를 준비해야 한다. 단 며칠만 주어진다. 합격의 기쁨을 누릴 여유도 없다. 다행스럽게도 나는 남편의 타박에도 미리 공무원 신체검사를 끝냈고, 경력증명서도 다 떼 두었다. 최종 합격자 서류를 꼼꼼하게 준비하고, 백화점에 가서 연수원에서 입을 옷을 쇼핑했다. 남편은 나이도 많으면서 초라하게 가면 안 된다고 했다. '그래, 나이도 많은데 초라하게 보이면 안되지, 암!' 백화점에 가서 쇼핑을 하고 연수원에 들고 갈 가방도 다 싸두었다. '정말 가는구나.'

　연수원에 갈 땐 면접 스터디를 잠깐 같이했던 H 선생님과 같이 갔다. 나이도 많은데, 아는 사람도 없었으면 참 뻘쭘했을 텐데. 다행히도 말동무가 있었다. 방도 마침 같이 쓰게 되어서 더 좋았다. 연수원에서 생활은 즐거웠다. 다들 즐거워 보였다. 엘리베이터만 타도 웃음꽃이 피었다. 그럴 수밖에 없는 게 그 힘들다는 임용 고시를 당당하게 합격하고 맞이하는 연수원의 날들이다. 다들 자연스럽게 통성명하고 합격의 기쁨을 서로 나눴다.

 우리 가정과는 11명의 합격자가 함께했다. 1명의 남자 선생님과 10명의 여자 선생님. 대부분 나이대가 20대 후반, 30대 초반이었는데, 내가 제일 나이가 많아서 '왕언니'가 되었다. 기혼자도 나 혼자였다. 육아맘도 나 혼자였다. 즉 유일하게 남편과 아이가 있는 왕언니.
 시험 날 튀지 않으려고 무던히 애썼지만, 다들 나를 기억한다고 했다. 우리 합격 동기들은 1차 시험 날 만나고, 2차 시험 날 만나고, 연수원에서도 만났다. 그때는 경쟁자였지만, 연수원에서는 동료다. 전쟁터에서 전쟁을 함께 겪은 전우 같았다. 다들 이런저런 임용 시험에 관한 이야기를 즐겁게 했다. 연수원 오기 전에는 내가 겉돌면 어쩌지 걱정했지만, 나는 역시 아줌마였다. 겉돌지 않고 잘 어울렸다.

 연수원에서 나는 다른 합격 동기들과 다른 점이 있었다. 연수를 정말 재미있게 열심히 들었다는 것이다. 다른 합격생들은 지루해하기도 하고 졸면서 듣기도 했지만, 나는 늦깎이 예비

교사라서 그런지 연수도 정말 재미있었고 좋았다. 연수원에서의 생활을 찍은 사진을 간간이 남편에게 보냈다. 남편은 진즉 합격하고 찍어야 했던 사진을 지금 찍냐며 씁쓸해하기도 했고, 대견스러워하기도 했다. 연수 마지막 날 가정과 합격자들과 단체 사진도 찍었다. 그 단체 사진에 나도 있었다. 2019년 신규교사 정인정도 있었다.

연수원 마지막 날에 신규교사 발령 발표가 났다. 나는 당연히 남편의 회사가 있는 지역일 줄 알았다. 그런데 서산에 있는 ○○중학교로 발령받았다. 서산에서도 역사가 깊은 ○○중학교. 나의 첫 학교가 정해졌다. 내가 원했던 큰 규모의 학교였고, 남편의 회사가 있는 지역에서 30분 거리라서 나름 괜찮다고 생각했다. 남편도 나도 처음에는 예상하지 못한 지역에 발령이 나서 당황했지만, 곧 발령지에 만족했다. 아이들을 데리고 살기 괜찮은 지역이었다. 이렇게 나의 첫 학교가 정해지면서 신규교사 연수는 끝이 났다.

임명장 수여식,
민찬이에게 주는 선물

○○중학교에 발령받고 며칠 뒤, 충남 공주에서 임명장 수여식이 있었다. 최종합격자가 발표 나면 신규교사도, 교육청도 숨 쉴 틈 없이 빡빡한 일정을 소화한다. 그 중의 하이라이트는 임명장 수여식이다. 이 임명장 수여식이 끝나야 신규교사의 진정한 학교생활이 시작된다.

임명장 수여식이 있는 날은 평일이고 그 당시 남편은 회사 일로 굉장히 바빠서 함께 못 간다고 했다. 남편 없이 운전도 서툰 내가 아이 둘을 데리고 임명장 수여식에 가는 건 불가능했다. 혼자서 임명장 수여식에 가려고 했는데, 다행히도 남편이 어렵게 시간을 내어서 같이 갈 수 있었다. 남편은 없는 시간을 겨우 낸 거라서 임명장 수여식장까지는 같이 가지만 돌아오는 길은 혼자 돌아와야 한다고 했다. 그래서 아이들은 데리고 가지 않기로 했다.

그러나 남편은 둘째 민준이는 몰라도 첫째인 민찬이는 엄마의 영광스럽고 중요한 순간을 함께 하는 것이 좋겠다고 했다.

아이 인생에서 엄마가 신규교사 임명장을 받는 것은 어떻게 보면 흔한 경험은 아닐 것이고, 교육적으로 좋겠다고 판단했기 때문이다. 그래서 둘째 민준이는 어린이집에 등원시키고 남편과 민찬이와 충청남도 공주로 향했다.

 공주에 있는 임명장 수여식장에 도착하자, 꼭 졸업식처럼 사람들은 분주하고 상기된 표정을 하고 있었다. 대부분 신규교사와 그들의 부모님이 이 뜻깊은 자리를 같이했다. 그러나 늦깎이 신규교사인 나는 남편과 첫째 민찬이와 함께했다. 주변을 둘러봐도 우리와 비슷한 모습은 없었다. 임명장 수여식장에 들어가기 전 'ㅇㅇ중학교 교사 정인정'이라고 적힌 이름표를 받고 정해진 자리를 안내받았다. 늦깎이 신규교사라서 그런지 이름표만 봐도 마음이 뿌듯했다.
 임명식장에서 합격 동기들과 안부 인사를 나누고 임명장 수여식에 집중했다. 텔레비전에서나 보던, 혹은 10년도 더 전에 먼저 합격한 대학 친구들에게 듣기만 했던 임명장 수여식에 내가 있다. 상상만 했던 순간이 현실로 이루어졌다. 임용 공부를 할 때 인터넷에 충남교육청 신규교사 임명장 수여식을 검색해서 기사에 나온 사진을 봤다. 그때는 내가 그 자리에 있게 될 거라고 상상도 못 했다. 막연하게 '아! 나도 저 자리에 있으면 좋겠다. 저기 있는 사람들이 정말 부럽다.'라고 생각만 했었다. 그 상상만 하던 곳에 내가 있고, 임명장 수여식장 뒤쪽 가족석에는 남편과 민찬이가 있다.

드디어 기다리던 임명장을 받는 순간이 다가왔다. 2차 수업 실연을 하던 순간보다 더 긴장되어서 나는 굳어있었다. 그만큼 내 인생에서 중요한 순간이었다. 내가 앞으로 나가서 임명장을 받는 순간, 가족석 쪽을 보지는 못했지만, 분명 남편과 민찬이가 나를 보고 있었을 것이다. 충남 교육감님께 임명장을 받을 때 남편과 민찬이는 그 누구보다 크게 손뼉을 쳤다고 했다.

"민찬아, 엄마가 지금 신규교사 임명장을 받았어. 너는 기분이 어때?"

"음~, 엄마가 상을 받으니까 기분이 좋아요."

"그래, 민찬아. 엄마는 대장에게 신규교사 임명장을 받았어. 너랑 아빠랑 그리고 어린이집에 있는 민준이가 고생한 덕분이야. 민찬아, 엄마는 이 임명장을 받으려고 공부한 게 아니라, 민찬이에게 엄마가 교사라는 선물을 해주고 싶어서 공부한 거야. 엄마는 엄마가 교사가 된 것도 좋지만, 민찬이에게 약속했던 엄마가 교사라는 선물을 줄 수 있어서 기뻐. 민찬아! 정말 고마워."

민찬이에게 주고 싶었던 나의 선물을 마침내 잘 전달했다. 이날 민찬이는 무슨 생각을 했을까? 민찬아! 나중에 커서 이날을 기억한다면 엄마가 성공한 날이 아니라, 엄마가 노력해서 한층 더 성장한 날이라고 기억해주면 좋겠어. 민찬아! 사랑해.

세상은 단 하루 만에 변할 수 있다

1. 남편의 변화

남편은 합격 후에 이런 말을 했다. "이제는 내가 죽어도 걱정이 안 된다. 네가 월급은 받으니까." 뭔 소리냐며 나는 입을 삐죽거렸지만, 한 편으로는 이해가 된다. 남편은 내가 합격하기 전에는 우리 가정의 미래가 항상 걱정된다고 했다. '내가 갑자기 죽으면 우리 애들은 뭐 먹고 살지?'라는 걱정. 그런데 이제는 아내가 정년이 보장된 안정된 직장에 다니고 있어서, 애들이 굶어 죽지는 않겠다고 생각했단다. 내색하지 않았지만, 혼자서 가족의 미래에 대해서 많이 걱정했단다. 이런 걱정이 아내의 임용 고시 합격으로 한순간에 사라졌다.

합격 후 남편은 살림과 육아를 되도록 절반 이상 하려고 노력한다. 그리고 자주 "엄마 피곤하니까 우리 조용히 지내자."라고 아이들에게 말한다. 전업주부였을 때는 퇴근한 남편이 나에게 건네는 첫 번째 말이 "오늘은 뭐 하고 놀았어?"였다. 물론 발끈했지만 사실 놀기도 놀았다. 동네맘과 오전에 카페 가서 커피 마시고 오후에는 아파트 놀이터에 모여서 수다 타임을 가졌다. 그런데 이제는 "뭐 하고 놀았어?"라는 말 대신, "오늘은 학교에서 어떻게 지냈어?"라고 묻는다.

이렇게 남편은 나의 합격으로 정신적, 경제적으로 안정을 얻었다. 미래를 안정적으로 계획할 수 있는 것도 좋단다. 이렇게 안정을 얻으니 사소한 일로 싸우는 일도 많이 줄어들었다. 뭐랄까, 부부애가 좋아졌다고 할까? 만약 부부관계에 갈등이 있다면, 조심스럽지만 새로운 일을 해보는 것도 추천한다. 경제적으로 좀 더 나은 상황이 되면 덜 싸우고, 서로를 더 잘 이해할 수도 있다. 또한, 일로 바빠서 사소한 서운함도 생길 시간적 여유가 없다. 나 또한 남편이 외벌이 때는 조그마한 갈등 상황이 생겨도 부부관계에 긴장감이 돌았었다. 그런데 이제는 나도 능력이 있고 마음에 여유가 있어서인지, 부부 사이에 갈등도 금방 해소된다.

2. 아이들의 변화

첫째 민찬이는 내가 임용 공부 할 때를 기억한다. "엄마가 까만 잠바 입고 매일 독서실에 갔어요." 민찬이에게 엄마는 책을 산더미같이 식탁에 쌓아두고 공부하는 사람이었다. 우리 아이들이 기억하는 엄마는 '공부하는 엄마', '선생님이 된 엄마'다. 내가 임용 시험에 불합격했어도 우리 아이들에게 나는 '공부하는 엄마'로 남아있었을 것이다. 이것 또한, 임용 고시 공부로 얻은 큰 재산이다.

이렇게 집에서 간식 주고, 놀이터에 같이 나가던 엄마가 어느 순간 학교 선생님이 되었다. 민찬이는 지금도 엄마의 직업을 자랑스럽게 생각한다. 초등학생인 민찬이에게 선생님은 대단하신 분인데, 엄마도 선생님이다. 민찬이는 엄마가 워킹맘이 된 것을 자연스럽게 받아들였고, 워킹맘인 엄마를 곧잘 도와주고 동생도 잘 챙긴다. 임용 고시 합격 후 민찬이는 엄마를 공부 열심히 해서 성공한 엄마, 누나들을 가르치는 대단한 엄마, 모르는 게 없는 엄마라고 생각한다. 내가 시험에 다시 도전한 이유, 바로 민찬이에게 주고 싶었던 선물 '교사 엄마'가 빛을 내는 순간이다.

둘째 민준이는 내가 한참 임용 고시 공부를 할 때 3~4살이었다. 엄마가 밤마다 독서실에 갈 때, 민준이는 "엄마, 그만 공부하세요." 하면서 엉엉 울었다. 1차 합격 후에 2차 공부를 위해서 아이를 시가에 맡길 때도 내 바짓가랑이를 잡고 "가지 마세요. 엄마, 공부 그만 하세요." 하던 아이였다. 그러나 지금은 어린이집에서 "우리 엄마 선생님이에요. 엄마가 키우는 누나들도 있어요."라고 자주 이야기해서 선생님들이 "응, 알아. 민준이 엄마 선생님인 거 알아."라고 하신단다. 남편과 이 이야기를 하면서 다른 친구들은 태어나면서부터 엄마가 선생님인데, 우리 둘째 민준이는 엄마가 갑자기 선생님이 된 거라서 더 저렇게 자랑하나보다 했다.

아이에게는 엄마가 전업주부일 때가 더 좋을 수도 있다. 엄마와 함께하는 시간이 더 길고, 일찍 어린이집에 안 가도 되니 말이다. 하지만 우리 아이들은 그 대신 '자존감이 높아진 행복한 엄마'를 얻었다. '엄마가 행복해야 아이가 행복하다.'라는 말이 있다. 내가 합격 전보다 자존감이 높아지고 행복하니 아이들도 더 행복할 것이라고 믿는다.

3. 나의 변화

합격 후에 분명히 나의 삶은 달라졌다. 삶의 터전이 바뀌었고, 안정된 직장을 가졌다. 직장을 가지면서 전업주부에서 워킹맘이 되었다. 눈으로 보이는 변화뿐만 아니라, 눈에 보이지 않는 어마어마한 변화도 생겼다. 그건 바로 '자신감'이다. 임용 고시 시험에 매번 불합격하면서 '학습된 무기력'이 생겼다. 뭐든 스스로 '난 안돼.', '또 안 되겠지? 잘 될 리가 없어.'라는 생각을 늘 달고 살았다. 그러나 합격 후 나는 '하면 되지, 못 할 게 뭐야?' 하며 뭐든 자신감 있게 한다. 그래서 책도 써야겠다고 생각했고, 실제로 썼다. 그 전에 나라면 '내가 감히 무슨 책을 써?'라며 도전할 생각도 안 했을 것이다.

메가스터디 손주은 회장은 공부에 몰입해서 한 번이라도 성공해보라고 했다. 그것이 인생을 바꿀 것이라고. 내가 실제로 그렇게 공부에 몰입했고 인생을 바꾸었다. 메가스터디 손주은 회장의 말은 '공부를 열심히 해라. 그럼 성공할 것이다.'가 아니다. 공부를 열심히 해서 몰입한 그 과정을 겪고 나면 그 어떤 일도 자신감 있게 해낼 수 있고 어떤 어려움도 이겨낼 수 있는 용기가 생긴다는 것이다.

이렇게 공부로 내 인생이 바뀌었고 내 인생은 계속 바뀔 것이다. 합격 전에는 어제가 오늘 같고 오늘이 내일 같았다. 그런데 세상에 대한 자신감이 생긴 지금의 나는 다르다. 작든, 크든 끊임없이 도전할 것이고 또 성공도 하고 실패도 할 것이다. 무료했던 삶이 다이나믹해졌다. 내가 진정으로 원했던 삶이다.

만약 공부할까? 말까?, 재취업을 할까? 말까?, 자기 계발을 할까? 말까? 여전히 고민하고 있다면 제발 뭐든 해라. 도전해서 실패도 해보고 성공도 해봐라. 실패한다고 해도 분명히 얻는 것이 있고, 남는 것이 있다. 성공한다면 삶에 대한 자신감을 얻게 될 것이다. 삶을 후회 없이 충실하게 살고 싶다면 제발 지금 뭐든 바로 도전해라.

나는 10억보다
교사맘이 더 좋다

교사는 힘들고 어려운 직업이다. 특히 요즘같이 교사의 권위가 많이 떨어진 지금은 욕도 많이 먹는 직업이다. 이런 힘든 직업인 교사지만 나는 좋다. 특히 '교사맘'이라서 더 좋다. 나는 전업주부로 8년을 살았다. 내 인생을 돌아보면 전업주부의 삶이 교사맘의 삶보다 더 길었다. 동네에서 커피 마시고 수다 떤 시간이 학교에서 근무한 시간보다 훨씬 많다. 지금도 마음속 포지션은 교사맘보다 전업주부에 더 가깝다. 아직도 꼭 전업주부가 학교 가서 '1일 교사' 체험을 하는 느낌이랄까. 꿈속을 걷는 느낌이다. '교사맘'이라서 힘든 점도 분명 있다. 그러나 나는 아직 신규교사 티를 못 벗어났으니 '교사맘'을 예찬하더라도 너그럽게 봐주길 바란다. '교사맘'이 좋은 이유는 다음과 같다.

1. 돈을 안정적으로 번다

매달 17일이면 꼬박꼬박 월급이 들어온다(주말이 끼어있으면 더 일찍 들어오기도 한다). 주변 선배 선생님들은 월급에 무덤덤한 편이다. 그런데 매달 17일을 기억하고 좋아하는 이가 지금 교무실에 두 명 있는데, 그게 바로 나랑 올해 발령받은 신규 교사 L 선생님이다. 그 두 명을 제외하면 다들 월급 들어오는 것에 무감각하다. 그러나 나는 워낙 전업주부의 삶이 길었던 터라 매달 17일에 무려 300만 원에 가까운 돈이 들어오면 아직도 실감이 안 난다. 어떤 기분이냐고? 무진장 좋다. 오늘 월급이 들어왔다며 기뻐하니, 옆에 있던 J 부장 선생님이 "에구 저렇게 월급날을 좋아하는 걸 보니 신규가 맞네." 했다. 너무 신규 티를 냈나?

꽤 오랫동안 내 통장에 입금 내역은 1년에 한 번 있을까 말까였다. 게다가 결혼 후 무직이라며 통장 개설까지 안 되는 굴욕도 맛보았다. 전업주부로 살면 돈이 나갈 곳은 많지만, 들어올 곳은 정말 없다. 또한, 뭐든 1만 원 이상 넘어가는 건 남편의 허락을 구두로라도 얻었다. 남편이 벌어온 돈이므로 단돈 만 원이라도 신경이 쓰였다. 시어머니뻘 세대에서는 우리 젊은 여자들을 보고 남편 돈 편하게 쓰면서 고마운 줄 모른다고 하기도 하지만, 나는 절대 편하게 쓴 적이 없다. 남편의 눈치를 이리저리 보고 썼다. 그러다가 교사가 되었고 현재는 내 노동 가치에 대한 정당한 돈을 매달 벌고 있다. 돈이 살아가는 데 전부는 아니지만, 돈이 삶에 있어서 중요한 부분인 건 부정할 수 없다.

2. 내 이름을 찾았다

일단 출근하는 순간부터 내 이름을 찾을 수 있다. 내 이름이 적힌 신발장에 신발을 넣고, 내 이름이 적힌 책상에 앉는다. '가정과 교사 정인정'. 복도에서도 "정인정 선생님"이라고 불리고, 메신저에도 '학력 기획 정인정'이라고 적혀있다. 임용 고시 합격 전에는 '정인정'이라는 이름으로 불린 기억이 별로 없다. 주로는 "민찬이 엄마", "민찬이 어머니", "민찬아"라며, 우리 아이들의 이름으로 불렸었다. 그런 내가 교사가 된 이후 '정인정'이라는 내 이름을 다시 찾았다.

지금 우리 반 아이들은 모를 것이다. 자신의 이름으로 불리는 것이 얼마나 행복하고 소중한 것인지. 우리 반 아이들도 결혼하고 아이를 낳고 키우다 보면 자신의 아이들 이름으로 불리겠지. 최소한 내가 예뻐하는 우리 반 아이들은 자신의 이름이 있는 삶을 살면 좋겠다. 지금처럼 지혜야, 민진아, 다연아……. 모두 자신의 이름이 불리는 삶을 살면 좋겠다. 내 인생에서 내 이름으로 사는 것, 내 이름의 몫을 다하면서 사는 것도 참 좋다.

3. 우리 아이들을 더 잘 도와줄 수 있다

나는 중학교에 근무하고 있고, 우리 민찬이는 초등학교에 다니고 있다. 학년은 다르지만 학교라는 테두리 안에 같이 있어서 민찬이 학교의 사정도 잘 알고 있다. 우리 민찬이도 교사인 엄마에게 많이 의지한다. 방과 후 수업, 수행평가, 체험학습, 온라인수업 등 전업주부에게는 정보가 필요한 일들이 나는 이미 알고 있는 익숙한 것들이다. 그래서 아이가 필요한 것을 잘 파악하고 해결해 줄 수 있다.

4. 진학과 입시정보를 많이 알게 된다

전업주부일 때는 진로나 진학에 관해서 관심도 없었고, 아는 것도 없었다. 알고 싶어도 맘카페에 검색하거나 질문하는 것이 전부였다. 그러나 학교에 있다 보니 자연스럽게 진로와 진학 정보를 얻는다. 그것도 고급정보를 말이다. 물론 맘카페나 동네맘들에게 얻는 정보도 있을 것이다. 그런데 그런 정보는 너무 주관적이거나 정확하지 않다. 카더라 통신이 많다. 그러나 현직에서 얻은 진학과 입시정보는 정확하고 객관적이고 알짜 정보다. 교사는 이런 정보에 대한 접근성이 좋은 이점이 있다.

5. 함께하는 구성원이 좋다

학교는 남녀노소 다양하게 구성되지만 같은 일을 하는 사람들의 모임이라서 동네맘들과의 모임과는 달리 심하게 편을 먹거나 누구를 따돌리거나 하지는 않는다. 또한, 아무리 친해도 직장이므로 최소한의 선은 지킨다. 같은 일을 하고 같은 공간에서 오래 지내기 때문에 서로 배려하고 잘 이해한다. 힘들고 어려운 일이 있으면 서로서로 힘이 되어준다. 지금 나는 좋은 동료 교사들과 행복하게 지내고 있다. 동네맘과의 사연을 다 아는 남편은 나에게 묻는다(남편이 봐도 아내가 동료 선생님들과 잘 지낸다고 생각했나 보다).

"지금 선생님들이랑 잘 지내니까 좋지?"

"응, 정말 좋아!"

6. 짜증과 화가 줄었다

교사가 되기 전에는 아이가 나를 조금만 힘들게 해도 자주 짜증을 내곤 했다. 아마도 스스로 삶에 만족을 못 해서, 조그마한 일에도 아이에게 자주 짜증을 냈던 것 같다. 그런데 합격하고 나서는 사소한 일에는 크게 화를 내지 않는다. '임용 고시에 합격했는데, 이것보다 더 중요한 일이 어디 있어?'라고 생각한다.

사소하게 화를 내는 일은 내 인생에서 많이 줄어들었다.

무엇보다 학교에 출근하고 사람들을 만나고 내가 스스로 성장하고 만족하는 시간을 보내기 때문에, 그만큼 스트레스도 줄었다. 스트레스가 있어도 동료 선생님들과 이런저런 이야기를 하면 곧 해소된다. 그래서 남편이나 아이들에게 그 전보다 화를 내거나 짜증 내는 일도 많이 줄었다.

이렇게 합격하고 신규교사가 되면서 내 인생은 바뀌었고, 바뀐 인생에 100% 만족한다. 물론 학교에서의 업무, 학생 지도, 학부모와의 관계 등에서 스트레스는 받지만, 그 또한 나를 성장시킨다. 전업주부에서 교사가 되기까지 어렵다면 어려운 시간을 보냈지만, 그 어려운 과정을 다 상쇄시킬 만큼 교사로서의 나의 삶은 만족스럽다.

언젠가 남편이 나에게 물었다. "누가 너에게 10억을 주면서 교사가 아닌 다시 전업주부가 되라고 한다면 너는 어떻게 할래?" 나는 "NO!!"라고 대답했다. 에이 거짓말 같은데 하겠지만, 긴 세월을 경력 단절 전업주부로 살다가 신규교사가 되고 보니 절대로 거짓말이 아니다. 돈은 있다가도 없고, 없다가도 생기지만, 교사라는 타이틀을 얻게 되면서 생긴 나의 높은 자존감과 자신감은 사라지지 않는 재산이 되었다. 그리고 나를 포함한 우리 가족은 더 행복해졌다. 그래서 나는 '10억'보다 '교사맘'이 더 좋다.

우리는 충분히 빛날 수 있다.

책을 써야겠다는 생각을 막연하게 하다가 막상 써보니, '왜 이렇게 좋은 걸 지금에서 시작했나?'라는 생각이 든다. '임용 고시 공부를 왜 이렇게 늦게 시작했나?'라는 생각을 했듯이 말이다. 왜 나는 매번 이렇게 뒤늦게 깨닫고 시작하는 걸까. 그렇지만 다행스러운 건 조금 늦더라도 항상 끝내 해낸다는 것이다.
절대로 해낼 수 없다고 생각한 '임용 고시 합격'도 끝내 이루었고, 상상도 못 한 '책 쓰기'도 끝내 해냈다. 내가 다른 이들보다 유독 똑똑하다거나, 잘나서가 아니다. 나와 다른 이의 다른 점은 딱 하나다. '나는 도전했다.' 이게 전부다. 나는 도전해서 기회를 잡았다. 남들보다 한참 늦었지만 말이다. 늦었지만, 결국 해냈다. 평생 마음속으로만 바랐던 것을 이룬 현재 생활에

만족한다. 이런 만족한 삶을 수많은 육아맘들도 같이 누렸으면 좋겠다.

  지금, 이 순간에도 몸과 마음이 힘든 육아맘들이 많을 것이다. 나도 힘든 시기가 있었다. 결혼하고 아이를 낳고 육아하면서 벌어지는 각종 상황에 정말 힘들었다. 게다가 내 이름도 잃고 살았던 시기도 있었다. 힘든 삶을 살아가고 있는 육아맘에게 이 책이 위로가 되었으면 좋겠다. 지금보다는 내일이 더 나은 삶을 살게 되었으면 좋겠다. 포기하지 말자. 우리는 충분히 빛날 수 있다.

-늦깎이 신규교사 정인정-

신규교사가 된 우리 엄마

초판 1쇄 인쇄	2023년 2월 10일
초판 1쇄 발행	2023년 2월 27일

지은이	정인정

펴낸이	이장우
편집	송세아 안소라
디자인	theambitious factory
마케팅	시절인연
제작	김소은
관리	김한다 한주연
인쇄	금비PNP

펴낸곳	도서출판 꿈공장플러스
출판등록	제 406-2017-000160호
주소	서울시 성북구 보국문로 16가길 43-20 꿈공장 1층

이메일	ceo@dreambooks.kr
홈페이지	www.dreambooks.kr
인스타그램	@dreambooks.ceo

전화번호	02-6012-2734
팩스	031-624-4527

이 도서의 판권은 저자와 꿈공장플러스에 있습니다.

꿈공장플러스 출판사는 모든 작가님의 꿈을 응원합니다.
꿈공장플러스 출판사는 꿈을 포기하지 않는 당신 곁에 늘 함께하겠습니다.

이 책은 저작권법에 의해 보호받는 저작물이므로 무단전재와 무단복제를 금합니다.

ISBN	979-11-92134-37-6
정가	14,800원